НИКОЛАЙ БРЕДИХИН

ГЕТЕРА

ePressario Publishing
Монреаль, 2016 г.

ГЕТЕРА

роман

Николай Бредихин

© 2016 Николай Бредихин

Web: http://www.bredikhin.net/

© 2016 Кирилл Бредихин, обложка

© 2016 ePressario Publishing, издание

Монреаль, Канада

E-mail: info@epressario.com

Web: http://www.epressario.com/

ISBN: 978-1-988228-07-5

Пусть не смолкают ни сладостный стон, ни ласкающий ропот:

Нежным и грубым словам – равное место в любви.

Даже если тебе в сладострастном отказано чувстве –

Стоном своим обмани, мнимую вырази сласть.

Публий Овидий Назон «Наука любви» (Перевод М. Л. Гаспарова)

ЧАСТЬ ПЕРВАЯ. «РУССКАЯ АНЖЕЛИКА»

I. ДВЕ ОЧЕНЬ ГЛУПЫЕ НЕГРИТЯНКИ

ГЛАВА 1

Кто-то тронул меня за плечо. Я открыла глаза и увидела склонившуюся надо мной Иннусю. Трудно передать ужас, который был написан на её лице. Я кое-как поднялась, села на кровати, нашарила на полу тапочки.

– Полный Бухенвальд, – ошарашенно покачала головой моя ненаглядная подруга.

Господи, ну что за язык!

Сквозь туман, который стоял у меня в голове, я даже не успела вовремя сделать ей предупреждающий жест рукой. Всё, на что хватило моей сообразительности –

инстинктивно вытянуть вперёд правую ногу.

Так и есть, «шестёрка» попала в капканчик: устремившись на Инну с растопыренными ладонями, готовая рвать, метать, кусаться, пинаться, царапаться, да вообще, что угодно, Катька Голос потеряла равновесие и, пролетев юзом пару метров по полу, влетела головой как раз в угол, стоявшей рядом с моей кровати.

Обладательница её, в далёком советском прошлом заслуженная учительница СССР Ада Львовна Костенкова, восприняла это как безусловный акт агрессии, и тут же принялась бить Катьку ногами.

Её примеру чисто машинально, без всякой злобы, просто за компанию, последовали соседки.

– Бухенвальд! Я покажу ей Бухенвальд. Припёрлась тут боярыня Морозова! Её, а не меня надо бить, шизы проклятые! (Мат опускаю).

– Уходим! – тихо шепнула я, но шёпот Инна не восприняла, она могла так ещё полчаса просидеть с разинутым ртом, потрясённая увиденным. Только когда я схватила её за руку и из последних сил потащила за собой, она, наконец, очнулась, может, даже где-то на уровне инстинкта самосохранения.

– Деньги есть? – спросила я закадычную свою подруженьку, разглядев на горизонте, мчавшихся на крики и вой к нашей палате, медсестру и двух санитаров.

– Сколько? – спросила Инна, понимая, что дело принимает серьёзный оборот.

– Три сотни, – покачала я головой, – дешевле в этот раз не отделаемся.

Нас без слов пропустили, деньги выхватили буквально на лету. Я вздохнула с облегчением, но расслабляться рано было.

– Давай на улицу, здесь слишком опасно, – скомандовала я.

– Что это было? – спросила Инна, ещё не придя полностью в себя.

– Наши обычные психиатрические будни, – пожала я плечами. – Катька (ну та, которая тебе из «фейса» «козью морду» хотела сделать) на почве раннего алкоголизма постоянно слышит «голоса». Поэтому со своей агрессивностью из «вязок» и «надзорной палаты» не вылезает. Зато в периоды просветлений всему медперсоналу готова не то что пятки, задницу лизать, даже сортир бесплатно отдраивает.

– А та женщина, которая прямо на полу нужду справляла, а потом мазала своим дерьмом себя по лицу? Ей тоже команды «сверху» кто-то спускает?

– Нет, эти совсем «овощи», в основном, старческое слабоумие – маразматики, ничего вообще не соображают. У нас в палате трое таких. Кстати, готовь ещё сотню, – ответила я, увидев, как очередная «добровольная помощница» по прозвищу Марина ДНК, зажав в руках для видимости какое-то подобие «контрольного журнала посещений», подозрительно косится в нашу сторону.

Так и есть! Уже через минуту последовал короткий диалог:

– Это кто?

– Сестра.

– Не похожа. Обычно к вам другая девушка приходит.

– Та младшая, я старшая. Давайте знакомиться, меня Инной зовут.

Сотня помогла, с соответствующей пометкой в «психкондуите».

– А что, просто знакомым посещения запрещены? – поинтересовалась Иннуля.

– По определенным дням, родственникам в любое время. Вообще-то ты могла бы и пораньше прийти.

Инна обрадовалась, что сознание моё более или менее прояснилось, и со мной можно нормально разговаривать.

– Пораньше? Пораньше нельзя было. Могла на след навести.

– Ну а сейчас что изменилось?

– Сейчас Комягин знает, где ты, так что можно, наконец, и пообщаться. Что случилось, можешь мне объяснить?

Объяснить? Сложновато будет. Если только Катьку с её «голосами» попросить. Первое время я вообще ничего не помнила и не сознавала, скандалила с медсёстрами, врачами, санитарами, рвалась на волю, но меня быстро утихомирили. Так что в итоге мне ничего не осталось, как только забраться в себя поглубже и потихоньку начать восстанавливать в памяти, что же всё-таки со мной произошло? Постепенно пазлик сложился.

– Как я выгляжу? – задала я Иннусе неожиданный, но очень интересовавший меня, вопрос.

– Полный дурдом, – покачала головой Инна. – Скажи, а маскироваться – ненакрашенной, непричёсанной ходить – здесь обязательно? Ты ведь и так от прочих «фруктов» и «овощей», которые рядом с тобой обретаются, ничем не отличаешься.

– Здесь всё под запретом – расчёски, зеркала, – без особого энтузиазма (такую элементарщину и не знать!) пояснила я. – Можно только туалетную бумагу, щётку зубную, пасту держать. Да и то воруют. Днём в карманах халата носим, ночью под подушкой прячем. Клептоманов вокруг – пруд пруди. Ну а «овощи» тут не все, просто медперсонала не хватает, вот и колют всех без разбора, так, на всякий случай. Но они всё равно периодически взбрыкивают. Лечить здесь – тоже лечат, конечно, но исключительно за деньги, богатеньких. У них своё отделение, условия царские. Есть и буйные, там вообще полный отстой. Я маскируюсь, стараюсь не выделяться, хотя давно уже пришла в себя. Если бы ещё не эти их таблетки, уколы поганые. Что, не могли вовремя меня перепрятать?

– Перепрячем, если понадобится. Надо попробовать договориться сначала, иначе придётся прятаться нам самим. Твой Егорка совсем озверел. Слушай, а тут ведь, наверное, и убийц, насильников полно? Как тебе среди них, не боязно?

– Нет, те, в основном, в Сычовке обретаются. Вот там я и в самом деле не хотела бы оказаться. Совсем отмороженный контингент.

Иннуля не унималась со своими вопросами. Не понимала, что тут не экскурсия, и не музей. Психи – они психи и есть, совершенно непредсказуемы, ожидать от них можно чего угодно, причём в любой момент.

– Скажи, это правда, что ты хотела Кавалериста «пришить»?

– Правда, – устало подтвердила «моя мутность». – Да я его всё равно «замочу». Просто другого выхода нет. Как насчёт того, чтобы пистолет мне достать?

– Посмотрим… – уклончиво ответила Инна. – Сначала всё-таки попробуем то, о чём я говорила. Но с тобой трудно общаться, ты в разговоре скачешь, как заяц, с одного на другое…

Я замолчала. Мысли мои и в самом деле разбегались в разные стороны, не удержать.

– Не-а, зайцев тут нет, тараканы. Хочешь анекдот? Сидят два психа, один другому жалуется: «Не знаю что делать, тараканы в башке совсем замучили. Бегают, прыгают, бормочут что-то, ругаются между собой», «А ты попробуй мелки специальные, говорят, помогают». Встречаются снова: «Ну как башка? Помогло?» «Да, тихо. Рисуют».

Инна постучала себя костяшками пальцев по лбу:

– Смешно, – кивнула она. – Вот только я не поняла: причём тут тараканы?

С большим трудом мне всё-таки удалось вновь сосредоточиться.

– Тараканы? Да тут у всех они. А ещё клопы, вши… У меня, кстати, тоже, успела набраться.

Я хихикнула, когда Иннуля инстинктивно отсела подальше в сторону:

– Ну и шутки у тебя!

– Да какие тут шутки! Чем богата… Как было дело? Ну, помнишь, ты мне про оброк и барщину совет дала? Я предложила твой вариант Комягину, он согласился. А на самом деле стал эксплуатировать меня вдвойне – что называется, и в хвост, и в гриву… Небо мне и так с овчинку казалось, а тут жизнь стала совсем невыносимой. Что ещё оставалось делать? Как-то ночью я выбрала момент, стащила у Егорушки его незарегистрированный «Вальтер PPS» и хотела было уже отправить его к праотцам, но чуть промедлила. Реакция у борова этого будь здоров, интуиция сработала моментально: выбил «игрушку» у меня из рук, заковал в наручники, вызвал своих громил по смартфону. Дальше не помню, бил он меня очень сильно, даже душил, голосовые связки до сих пор не могу восстановить, ну а очухалась я уже в сей обители.

– Понятно, – подвела итог Иннуся, обрадованная, что «тараканы», действительно, «затихли». – Всё-таки ты в рубашке родилась, не иначе. Тебя вообще-то хотели в лесу закопать, но Фомич шустрей оказался: не только у Егоркиных шестёрок тебя отбил, но и предварительно снял на видео, как Комягин тебя ногами месил. Сохранился даже эпизод, когда ты лежишь связанная без сознания, а «ребятки» могилу тебе рядом роют. Так что мы ещё поборемся: все травмы, которые ты получила, зафиксированы официально, и на фото, и на бумаге, да и ещё кое-какой материал имеется. Дорогой ценой, правда, достался, но зато не с пустыми руками я сегодня с этим нелюдем разговаривать буду.

Я покачала головой:

– Не поможет. Я уже всё решила. Достань

«машинку», очень прошу. Любую. «Макарова», «ТТ», «Беретту», только не «Вальтер», с ним не сложилось. И не спорь: я вас подвела, я и вытащу. Не зря же я через здешний ад прошла. Всё на психиатричку спишут, если факты, которые ты привела, документально подтвердить. Где Олег, кстати?

– Где, где… На работе. Так что ни на ребят его, ни на него самого сегодня не рассчитывай, мы одни-одинёшеньки, по уговору никого из посторонних во время нашей дурдом-конференции не должно быть.

Я закрыла глаза. Происходило что-то странное. Какая дурдом– конференция? Может, тараканы мелками своими уже наигрались? Или они у них попросту закончились?

Инна не знала, что и делать, она уже поняла, что меня снова переклинило. Но решила не отступать от намеченного плана, твердила своё:

– Слушай меня, подруга. Слушай внимательно. Ни одна деталька не должна пойти у нас наперекосяк. Сейчас приедет урод этот, собственной персоной. Я у вас на втором этаже уголок один экзотический присмотрела: с ума сойти – даже пальма в кадке стоит. Там и поговорим. Кстати, пора. Ты как, нормально передвигаться можешь?

– Вполне. Вот только не самая удачная это идея – с переговорами. Лучше было бы меня перепрятать, раз уж пистолет не можешь достать.

– Перепрячем. Зубы вставим, ногти сами отрастут. Сопротивлялась ты, по всему видно, как дикая кошка. Но работать дальше сможешь, лицо не пострадало: шрамов нет, а синяки, царапины быстро заживут.

Я встала, однако голова у меня

моментально закружилась, в глазах потемнело, и я вынуждена была сесть обратно на траву. Ясно было: в таком состоянии вести какие-либо серьёзные переговоры я при всём желании не смогу.

– Ничего не получится, – пробормотала я в полном отчаянии. – Я с утра «галку» схватила, нейролептик такой – галоперидол называется. По первое число всадили, так что крыша отъезжает постоянно. Прости, я совсем не в форме.

Инна задумалась на какое-то время, потеребила пальцами краешек папки с документами, зажатой подмышкой, примерно, как у Марины ДНК, затем придвинулась ко мне поближе:

– Хорошо, я всё поняла. Будешь сидеть чуть в отдалении, и изображать из себя что-нибудь растительное: тыковку, луковку – сама решай. На нас не смотри, в разговор не вникай, делай вид, что совсем в прострации, я тебе потом всё подробно расскажу.

На том и порешили.

Нам повезло. В общих чертах получилось всё так, как мы и задумывали. С той лишь разницей, что как я ни пыталась изображать из себя тыковку-луковку, многое в моё сознание всё-таки проникало.

Бугай, который стоял наготове, никого из пациентов и персонала к нам близко не подпускал. Комягин долго тупо рассматривал пачку фотографий, результаты экспертизы, и, в особенности, несколько листочков из огромной папки, которую Иннуся держала в руках. Как я поняла, в папке этой на три четверти были просто чистые листы, но как можно быть уверенным в таком деле?

Дальше начался торг. Сумма отступных

вслух не оговаривалась, писалась на каком-то клочке бумаги. Торг шёл жёсткий, затем Кавалерист сообразил, что и здесь вполне могут продолжаться видеосъемки, да и потом, при передаче денег, его могут сцапать, и выдвинул другое условие: замена. Для меня тут особой разницы не было, деньги всё равно на мне повисли, хотя Генералу платить или Иннусе – нюансы всё-таки были весьма существенные.

Комягин долго не соглашался на предложенные кандидатуры из Иннусиной картотеки, и я уже подумала, что тут не более чем отговорка, но, как ни странно, в итоге какая-то девочка ему всё-таки приглянулась. Жаль, если Оксана – норов обязательно покажет свой, если мы вообще с ней договоримся.

Всё. Кавалерист сделал жест, означавший: «Пока!», с тем и удалился, не забыв язвительно бросить в мой адрес: «Всех благ, Анюсик. Ты даже не представляешь себе, как мне жаль, что течение жизненное нас разъединило. Ладно, счастливого тебе плавания, семь футов под килем!»

«И тебе не хворать, козлина вонючая!» — мысленно попрощалась я с ним.

К счастью, Иннуся не стала долго испытывать моё терпение, сразу приступила к делу. Я пыталась сэкономить ей время, как могла.

— Ну что, так и не удалось Егорку испугать?

— Ты оказалась права, — неохотно согласилась Иннуля, — вынуждена взять свои слова обратно. Я сказала в прошлый раз, что таких негодяев ещё не встречала, но он не негодяй, он — монстр. Был только один момент, когда я его всё-таки зацепила: когда назвала три его клички – Мистер, Короткий и Люпен. Не удержался, вздрогнул. Дальше я попыталась перевести всё на деньги, он сначала долго торговался, затем вдруг вообще отказался от отступных. А может, с самого начала только делал вид, издевался над нами?

Я благоразумно промолчала, не уточняя, о каких суммах шла речь.

– Что дальше? Замена?

– Да, но это, собственно, те же деньги, ты ведь понимаешь, никто из моих девчонок не согласится ни с ним, ни с кем бы то ни было, за здорово живёшь дело иметь.

– Ну и на ком остановились в итоге? Кто оказался «счастливой избранницей», Оксана? – всё-таки не выдержала, прервала её я.

Иннуся молча придвинула поближе ко мне «бук» – портфолио. У него не было ничего общего с моими, но цепляло оно буквально с первого взгляда. Я просмотрела его от корки до корки, забыв обо всём на свете. Хотя на что, собственно, там было смотреть? Джинсики, футболочки, халатики, домашние шлёпанцы. Простые, чуть ли не ситцевые, платьица. Волосы, заплетённые в косички, иногда с чёлочками… Да много чего. Практически одни тестовые фото, но…

— Марк делал? — спросила я, не сомневаясь в ответе.

— Он, кто же ещё? — благодушно усмехнулась Иннуся.

Да, да, никаких прозвищ, просто имя наверху: Инна.

— Ты дура? — наконец, дала я выход своему раздражению. — Себя вместо меня предложила? И что мы, собственно, выиграли?

— Во-первых, сроки. Контракт на год. У тебя он, практически, был бессрочный. Во-вторых, я не работаю на Егора, а только его одного, лично, обслуживаю…

– Да он обманет тебя, – не выдержала, не дослушала подругу я. – Не помнишь, как со мной было?

Инна сделала вид, что пропустила мои слова мимо ушей, как лепет новорожденной «тетешки-лелешки», затем достала из сумочки то, что я называла «машинкой». Не «Вальтер», не «Беретту», а маленький дамский браунинг. Достаточный, впрочем, чтобы пробить дырку в любой, пусть даже самой упрямой и титулованной, башке.

– Это на третье. Вроде как компот.

Я в полном отчаянии покачала головой:

– Господи, Иннуля, я же тебя так просила! А ты эту чёртову игрушку в сумочке прятала. Ты что, мазохистка?

– Ну, мазохистки из браунингов «тыкву» своим любовничкам не пробивают. Да и садистка из меня никакая, не собираюсь я подобные вещи смаковать. Рука не дрогнет, будь уверена, даже в памяти ничего не останется. И момент выберу, чтобы самой чистенькой остаться. Сразу, как только мы договорились, начала эту мыслишку в голове катать. Есть ещё четвёртое и пятое, тебе интересно?

— Ещё бы! — понимая, что протестовать бесполезно — вопрос решённый, попыталась немного встряхнуться я.

— Не тебе объяснять, мало радости перейти из одних рук в другие, ты же не будешь потом, как царевна целыми днями взаперти в тереме сидеть? Поэтому я выторговала тебе ещё и крышу, тоже сроком на год. Кто бы ни привязался, одного имени будет достаточно, чтобы от тебя, как от чумы, шарахались.

— Да, сравненьице! — пробормотала я. —

Неужели, я, в самом деле, так фиговенько сейчас выгляжу?

– Нет, ты выглядишь вот так, – Инне определённо надоели мои стенания, и она протянула мне ещё один «бук». – Сюрприз года, альбом № 4, заключительный, это уже на пятое, от всё того же легендарного Марка Геннадьевича Минкина.

«Афродита, рождающаяся из пены» – мой любимый снимок. Я даже глаза зажмурила. Затем убрала альбом под халат. Нет, только не сейчас. Когда останусь с собой наедине. И уж тогда не упущу даже малейшую чёрточку.

– Как впечатление? – усмехнулась Иннуся. – Вижу, рада. А ведь признайся, что мне позавидовала? Заметила я, как у тебя глазки блестели. Ну что, может, поменяемся? Не хочешь? Тогда последняя новость.

– Шестая? – уточнила я удивлённо.

– Да, шестая. И самая важная. Я показала твой альбом одному известному модельеру, он пришёл в полный восторг. Сказал, что это как раз то, чего ему так не хватало для его новой коллекции. Греция! Хоть и печально прославившаяся на фоне всемирного экономического кризиса, но сейчас вполне в цвет идёт. Как насчёт того, чтобы прокатиться галопом по Европам, лапушка?

– Фантастика, конечно. Но какая из меня модель?

– Обыкновенная, – подбодрила меня Иннуся. – Как говорят в таких случаях: не боги горшки обжигают. Ну а теперь собирайся, пора до дому. Как ты считаешь, недели хватит, чтобы тебя в более или менее сносное состояние привести?

ГЛАВА 2

Мы оба молчали, поглядывая друг на друга с неприязнью. Да, конечно, Арнольд Бекешин – имя известное в мире высокой моды, но сам человечек, который сидел сейчас напротив меня, ничего особенного собой не представлял. Было в нём что-то не просто женское, а даже бабское.

Знаменитый кутюрье, между тем, в который раз перелистывал мою «Афродиту», судорожно пытаясь отыскать в ней хоть какую-нибудь зацепку, но ничего там, как видно, не находилось. Слишком велик был контраст между фотографиями и оригиналом. Наконец, он поднялся, вышел и вскоре вернулся с платьем на плечиках.

– Переоденься, – указал «железный Арни» на ширму. Я молча повиновалась.

Ещё один взгляд, куда более придирчивый, когда я из-за ширмы вышла.

– Пройдись пару шагов туда-сюда, ну как

по подиуму.

Естественно, смотрелась я в его представлении в своём «променаде», как корова под седлом.

— Да, Марк, умеешь ты друзьям плюху преподнести, — покачало головой мировое «светило» и похлопало ладонью по альбому: — Могу представить себе, в какую сумму тебе это встало, детка. У тебя самой, кстати, нет впечатления, что ты зря потратила свои деньги?

После «лечения» в психиатричке, нервы мои были, как канаты, и уж кому-кому, а такому сморчку при всём желании невозможно было меня смутить.

— Нет, «это», как вы изволили выразиться, предназначалось совсем для другого дела.

— Ну и как, «там»-то хоть оно работает? — поинтересовался «сморчок», не удержавшись от брезгливой гримаски.

— На самом высоком уровне, не сомневайтесь, – всё так же дерзко ответила я. – Собственно, не моя идея была прийти к вам, сама-то я плевать хотела на весь ваш драный модельный бизнес.

— Понятно, — проявил неожиданную проницательность «железный Арни», точнее, его мини-копия, – тебе просто нужно куда-то исчезнуть на время. Сама вряд ли догадались бы, однако подруга твоя определённо не глупа.

Крыть мне было нечем, амбициозность мою как ветром сдуло. Однако хоть положение моё и аховое было, у меня не было ни малейшего желания валяться в ногах у этого женоподобного дебила. Я вдруг как-то сразу, резко, потеряла к нашему разговору интерес.

Однако, как ни покажется странным,

Бекешин моментально уловил неожиданную перемену в моём настроении, и тут же сам перестроился, перейдя с фривольного тона на деловой.

— Ладно, если говорить конкретно, то расклад предполагается следующий: мы с тобой вдвоём, как только уладим все формальности, летим в Афины на разведку. Потихоньку, без лишней спешки, осмотримся там. Если обстановка окажется благоприятной, я тут же выпишу из Москвы всю свою банду. Организуем пару-троечку показов, несколько фотосессий, и вот тогда только отправимся в тур по Европе. Надеюсь, затея всё-таки выгорит.

— В чём мои функции? — навострила ушки я. Какие-то сессии, туры меня совершенно не интересовали. — Хотелось бы знать конкретнее.

— Прежде всего, эскорт. Манеры у тебя

есть, язык подвешен, дай бог каждому. Английский знаешь?

– Слабенько.

– Придётся подучить. На большие деньги не рассчитывай и, поскольку мы едем вдвоём, будешь заниматься самыми разными вопросами. Только когда подтянется основной состав, тогда и перейдёшь в модели. Если хватит ума не рваться в лидеры и держаться в середнячках, всё у тебя получится. Конечно, если тебя предварительно немного поднатаскать. Вопросы имеются?

– Да. Вдвоём тяжело будет управиться. У меня есть подруга, как насчёт того, чтобы её с собой прихватить?

Бекешин насторожился:

– Она что-нибудь умеет или тоже из ваших?

Я кивнула:

– Такая же корова, как и я.

Мой расчёт оказался верным: одновременный бесплатный секс с двумя молоденькими девчонками способен скрасить любую поездку. А уж если они профессионалки, чёрт с ней, с работой, иногда можно и отдохнуть. Теперь оставалось лишь одно: уговорить Оксану. Не понятно только, зачем она мне понадобилась?

Разумеется, столь каверзный вопрос нельзя было решить без Иннуси. Если честно, мне было боязно в этот раз встречаться с ней. Дружба дружбой, но такая жертва… Я ничуть не обиделась бы на неё, если бы она вдруг сказала, что передумала, и Комягин оказался ей не по зубам.

– Как ты? – спросила я. Хотя могла бы и не спрашивать.

— Нормально, — сухо ответила моя «добрая самаритянка».

— Я не произвела особого впечатления на Бекешина. Ты же знала, что я засыплюсь, зачем посылала? Нет уверенности в слове, данном Егором, хочешь услать меня подальше, с глаз долой? Так и скажи. Никак в толк не возьму, какой смысл мне вообще сейчас уезжать? Деньги надо ковать, раз уж я в строй вновь вернулась, а тут сфера, в которой я ни уха, ни рыла не смыслю. Ты пойми, при моём возрасте, внешних данных и отсутствии божьего дара карьеру в таком серьёзном бизнесе не начинают. К ней надо с детского сада готовиться.

Инна задумчиво покрутилась в кресле, затем вздохнула:

— Собственно, я хотела как лучше. Но если ты так решительно настроена против, можешь и отказаться. Замена тебе в два счета найдётся, ты свои способности и возможности правильно оценила. Вот только я бы посоветовала тебе предварительно хорошенько всё взвесить, не рубить с плеча. Комягина тебе больше бояться нечего, он тебя пальцем не тронет. Я с ним «сюси-пуси» разводить не собираюсь: шаг влево, шаг вправо – дырка в башке. Забыла наш разговор? Однако за крышу, которую я тебе у него выторговала, отстёжки придётся постоянно делать. А как ты хотела, партизанить по-прежнему? Что ж, рискни. Может, предупредят для начала, а могут и сразу серной кислотой в лицо плеснуть. Не ты первая, не ты последняя. Я же не могу тебя от всех московских отморозков сразу защитить? Ещё тебе нужен статус, один только Фонд Магдалины тебя не спасёт. Все понимают, что это только прикрытие. Одного взгляда на тебя более чем достаточно, чтобы догадаться, сколько ты зарабатываешь. Никого ведь не интересует, что ты в долгах, как в шелках, кому охота вникать в такие подробности? Модель – другое дело, особенно если найти хорошего покровителя, пусть даже фиктивного. К ним подобных вопросов обычно не возникает.

– Ладно, – вздохнула я, – будем считать, что ты меня убедила. Вот только одна я этого старого кобеля не потяну, тем более, бесплатно.

Иннуля рассмеялась:

– Ну, во-первых, какой же он старый? А во-вторых, он что, должен за какие-то совершенно ничтожные услуги тебе ещё и деньги платить? Да, ты правильно определила – он не просто кобель, жеребец даже, не знаю уж, откуда в таком возрасте силы берутся, но для серьёзного дела можно и потерпеть.

– Просьба: дай мне Оксану в помощь. Я с ним договорилась.

Инна задумалась:

– Оксану? С чего бы вдруг? Девчонка хорошо работает, не просто с огоньком, но проявляет даже порой чудеса изобретательности. Впервые в жизни вышла на хорошие деньги, оделась, обулась, ты её давно видела? Теперь и не узнать. Да и прореху подобную в своём штате я так просто не залатаю. Ты уверена, что именно она тебе нужна? Может, подберёшь какую-нибудь другую кандидатуру? Картотека к твоим услугам.

Я присмотрелась внимательнее к своей «товарке», и успокоилась. Понятно, розыгрыш. Вот если бы она говорила серьёзно, я бы её прибила. Ей-богу!

Инна, наконец, не выдержала, расхохоталась. В сущности, плевать ей было на какую-то там Оксану. Во всяком случае, вовсе не повод для того, чтобы конфликтовать с закадычной подругой. Добра этого – пруд пруди.

– Ладно, я, конечно, утрирую, но давай на совесть: я её уговаривать, а тем более руки выворачивать, не стану. Сможешь сама убедить – никаких возражений, ну а если нет – увы!

Я кивнула, такой расклад меня вполне устраивал, в моей сумочке было более чем достаточно аргументов.

– Ещё один вопрос, не менее важный. Насчёт Фонда Магдалины, ты не передумала?

Инна насторожилась:

– Предположим, нет. Но мне там один раз отлуп уже дали.

– Ну и что, ты такая вся гордая из себя, злопамятная? Во-первых, с тех пор у тебя изменился статус, за тобой теперь ого-го какая фигура стоит, а главное — освободилось место. И мне очень не хотелось бы, чтобы его кто-то с боку припёка занял.

— Считай, не гордая и не злопамятная. Вот только не верю, удастся ли тебе меня пропихнуть. А так… кому не хочется стать «золотой рыбкой»?

Начать я решила с Немальцыной, предполагая самое худшее, однако та на удивление легко восприняла как мой неожиданный отъезд, так и вариант замены, который я себе подыскала.

— И вы, действительно, не держите зла на меня? — решила я всё-таки уточнить, с недоумением.

— Зла? За что? — удивилась моя начальница. — У тебя появилась возможность повысить свой статус, ну так это не только для тебя, но и для всех нас прекрасно. Плюс – он всегда плюс. Более того, ты давно уже просила расширить твой участок работы в Фонде, считай вопрос решённым, можешь хоть сейчас закатиться в ближайший ресторан и отпраздновать своё повышение. Ты нашла себе идеальное прикрытие, там, в Европе, попытаешься осуществить то, что не могла здесь: искать попавших в беду девчонок. Список имён, фотографий, примет особых я тебе дам и буду дальше подсылать регулярно. Всё, что от тебя требуется – отыскать их, буквально достать из-под земли, как свинья трюфель, остальное уже не твоя работа. Мы найдём способ вернуть их на родину, система давно отлажена. Но учти: получать будешь сдельно – нет результатов, нет и оплаты, а расходы все на тебе самой. И ещё: там таких, как ты, хватает, так что конкуренция будет весьма жёсткая, а список на всех один. Кроме того, желательно было бы пройти тщательный инструктаж. Время у тебя будет, надеюсь? За пару часов тут не уложиться.

— Найдётся, конечно, — радостно отозвалась я. Такого варианта развития событий я никак не предполагала.

Вообще, всё оказалось наоборот. Вопреки моим предположениям, камнем преткновения оказалась вовсе не Немальцына, а Оксана. Её возмущение было настолько бурным, что я впервые усомнилась, зачем я придумала себе лишнюю заботу. Этой непроходимой дуре такой шанс предлагают, а она упёрлась в какие-то жалкие гроши. Квартиру ей хотя бы в ближайшем Подмосковье, видите ли, захотелось! Почему сразу не коттедж в своей «незалежной». К пенсии как раз получится.

Наконец, Ксана немного успокоилась и спросила меня напрямую:

— А в чём, собственно, дело?

— Да тут одна английская старушка детектив неплохой написала. «Десять негритят» называется. Так вот, сюжет там состоит в том, что десять человек собрались вместе и постепенно их становится в живых всё меньше и меньше, а трупаков — то не было ни одного, а тут вдруг всё больше и больше. Хорошая книжка. Я специально для тебя экземплярчик купила, вот забери. Заодно и сама лишний раз перечитала. Но это я так, забочусь о твоей эрудиции, чтобы было о чём, при случае, с клиентами поговорить. Скажем, гонорар тебя не устроит или ещё что. А вообще, я пришла сюда по твоей просьбе: ты интересовалась, помниться, судьбой своей закадычной подруги Вики, мне вот тут дали кое-какие фотки, хочешь посмотреть, нет ли её среди них, случайно?

Дойдя до цели, Оксана побледнела, но пролистала, тем не менее, всю пачку до конца.

– Узнала? – на всякий случай уточнила я.

Ксана молча кивнула.

Я мрачно усмехнулась:

– Было нас трое, осталось двое, или как в книжке написано:

«Трое негритят в зверинце оказались,

Одного схватил медведь, и вдвоём остались». (Перевод Л. Беспаловой).

Я посерьёзнела, мне самой было не до смеха:

– Я что ещё хотела спросить: среди этой мертвечины Вика самая свеженькая, остальные в земле гораздо дольше пролежали, да и закопаны были, видать, понадёжнее – среди них тебе никто не показался знакомым?

Оксана подняла взгляд и ответила твёрдо, зло глядя мне в глаза:

– Нет. Никто. Да и с Викой у меня нет уверенности. Шляется где-нибудь, наверное. Я-то умнее оказалась, далеко никогда не уезжала, а этой шалаве всё равно было: хоть на Кавказ, хоть на Колыму. Очень хотелось белый свет посмотреть. Посмотрела. Ну а ты как, узнала кого-нибудь?

– Да как их узнаешь? – пожала я плечами. – Одно слово: мешки с костями. Мама родная и то не различит.

– Понятно, а что там дальше было? В книжке, я имею в виду.

– Так, ерунда:

«Двое негритят легли на солнцепёке,

Один сгорел – и вот один, несчастный,

одинокий». (Перевод Л. Беспаловой).

Оксана кивнула:

– Понятно. Момент подоспел, слишком жарко стало? Когда едем?

– Да можно хоть завтра, но тебе ведь ещё паспорт надо сварганить.

– Зачем? Он у меня уже есть.

Я так и присела: вот тебе и квартирка в Подмосковье, коттедж в «незалежной». Мысли-то у нас, оказывается, давно уже в одинаковом направлении работали.

– Обратно вернёмся?

– Я – точно. А ты уж решай, как знаешь.

– Хорошо, я согласна. Ну а тот, последний, какова его судьба? Раз уж начала, колись по полной программе.

– Ужас! Кошмар! Врагу не пожелаю.

«Последний негритёнок поглядел устало,

Он пошёл повесился, и никого не стало!»

(Перевод Л. Беспаловой).

– Ну уж этого они не дождутся, – хмуро пробормотала «гарна українська дівчина». – Если только рак на горе свистнет.

– Я тоже так думаю, – охотно присоединилась к её мнению я.

Я не удержалась всё-таки от того, чтобы не порадовать Иннусю. И не по телефону, лично. Та, хитро прищурившись, внимательно посмотрела на меня:

– Ну и как Оксана?

– В полном порядке. – Я вынула из сумочки злополучную пачку фотографий и протянула её моей спасительнице:

– Такие аргументы! Не хочешь

взглянуть?

— Боже упаси, — побледнела Иннуля, но тут же перестроилась на деловой лад. Жизнь продолжалась. — Кстати, тебе не приходила в голову мысль организовать помимо основного свой, точнее, теперь уже наш, маленький бизнес?

Ну, мы давно уже понимали друг друга с полуслова.

— Ты просто угадываешь мои мысли, не знала только, как к тебе с таким вопросом подступиться, — спокойно ответила я. — Только учти: в этом деле главное — не переборщить. Ребята из наших, да и не только наших, детективных агентств, не раз ко мне с подобными предложениями подкатывали, но я не дура: спалиться можно в два счета, а такую непыльную работёнку не хотелось бы терять.

— Подключим Егорку, — усмехнулась

Иннуся, по-прежнему нахально глядя мне прямо в глаза.

— И что потом? — не на шутку разозлилась я. — Ты так стала доверять Егорке? Или хочешь отжать бизнес у Немальцыной и занять её место? У меня к тебе только одно предложение — не усложняй то, чем я сама занималась: качай информацию из девчонок, с которыми будешь общаться, на всю катушку, но Немальцыной сцеживай из того, что просеяла, строго то, что проходит по её списку. Остальное — наше. Если я их там, за границей, отслежу, продадим координаты, кому скажешь, и половина гонорара твоя. В остальном всё по-честному: работаем только на Любовь Викторовну, и ни на кого больше.

— Ладно, ладно, — криво улыбнулась Иннуля. — Будем считать, что я просто неудачно пошутила.

Неудачно пошутила! Вот тебе и десять

негритят! Даже с лучшими подругами всегда нужно ухо востро держать. Впервые у меня закралось подозрение, что с Комягиным Иннуся связалась не просто для того, чтобы меня выручить, а больше, чтобы закрутить какую-то свою, ей одной ведомую, интригу.

II. ПОЦЕЛУЙЧИК

ГЛАВА 1

При всём желании я не могла понять, зачем я потащилась в эту чёртову Грецию. Просто спасалась бегством? Что ж, и такое не исключено: в свете моих недавних похождений, я была бельмом на глазу у всех, кого я только знала.

А может, наоборот, мной двигало намерение, как следует подготовиться к тому, что меня дальше ожидало? Но на Кипре я тоже о многом мечтала, а что получилось в итоге?

Клин клином вышибают. Хоть я и боялась себе признаться в этом, но пребывание в психиатричке в чём-то очень помогло мне, я полностью избавилась от невесёлых своих воспоминаний, вообще от всех комплексов. Однако потрясение было слишком сильным и, как результат, сработал эффект замещения: появились новые воспоминания и новые комплексы, от которых мне теперь, в свою очередь, предстояло избавляться, причём «долго и больно».

Что человек может чувствовать, стоя на краю уютной могилки, заботливо вырытой для него в самой чаще леса, если его предварительно избили до полусмерти, и чуть было не задушили? Может быть, облегчение? Я испытываю до сих пор запоздалую ярость, но, с другой стороны, и удовлетворение на уровне оргазма – я ведь победила. А уж какой ценой… Важнее всего результат.

Но вот потом, когда самое страшное, казалось бы, осталось позади…

Я понимала, конечно, что меня надо было

спрятать так, чтобы ни одна собака не разнюхала и, уж тем более, не раскопала. И тем не менее…

Психиатрия по большей своей части не лечит, всё, на что она способна, если болезнь прочно угнездилась в человеке – снять на время приступ, отпустить д-шку (больного, состоящего на диспансерном учёте) домой, чтобы потом, через какое-то время, в карете с бравыми санитарами вернуть его в родную обитель обратно. Как ни странно, к «хроникам» относятся в «психушках» с уважением. Они, как правило, держатся вместе, не терпят «чужих» в своих палатах, соблюдают относительную чистоту, порядок, знают свои права и конфликтуют с медперсоналом лишь в исключительных случаях.

Есть допризывники, которые хотят «откосить» от армии, уголовники, мечтающие улизнуть тем же макаром от тюрьмы, и те, и другие, как правило, беспредельщики, боже упаси вас связываться с ними.

Всех прочих валят в общую кучу: в одной палате могут быть и шизофреники, и депресушники, и маразматики, и алкоголики, и наркоманы и вполне здоровые люди, которые редко вырываются оттуда без потерь.

Не верьте, если вас будут убеждать, что психические болезни не заразны. Общение с представителями вышеперечисленных категорий, которые постоянно капают вам на мозги своими рассказами о киллерах, которые на них годами охотятся (но почему-то не убивают); вампирах, которые присасываются к ним по ночам и пьют из них кровь (почему именно к ним, а не к другим людям? Что у них за кровь, интересно, такая?); «голосах», которые ими управляют и открывают им космические, великие тайны бытия, другим людям неведомые; подкрепленные соответствующими таблетками и уколами, очень быстро начнут разрушать структуру вашей личности. И если уж вы сподобились каким-то образом попасть в этот рай, не надейтесь на то, что вас оттуда сразу выпустят. Вас могут держать там месяцами и даже годами. Но и когда выставят за ворота, непременно поставят на учёт, и не устроиться вам потом на приличную работу.

Там, в лесу, могилки я избежала, но когда здесь в первый день попыталась доказать, что я не верблюд (верблюдица), меня тут же упекли в «надзорную» (наблюдательную) палату на место «экса» (покойника) – только что умершей бабульки. Можете себе представить, на каком матрасе я лежала, сколько поколений по большому и по маленькому справляло в него нужду.

Не знаю, выкарабкалась ли бы я вообще со своим вздорным характером оттуда, если бы не мой ангел-хранитель – медсестра, которую я прозвала Ангеликой (не путать с Анжеликой), так как её спокойствие и доброжелательность поражали настолько, что казалась она не от мира сего. Настоящее её имя я так никогда и не узнала, нанял её в какой-то частной клинике неврозов всё тот же Леонард Чупилин, который, собственно, вместе с Игорем Карловичем и упёк меня сюда.

Что я ещё помню? Тем миром, в котором я пребывала, управляли, в основном, три вещи: продукты, курево и деньги. Ещё, конечно, знание, опыт, но они управляют всем.

К примеру, если вы сами не принесёте

себе еду из столовой, никто кормить вас не будет.

Таблетки, уколы, которые применяются в подобных заведениях вызывают, в частности, неутолимый голод, а в меню присутствует, в основном, капуста да подкрашенная водичка вместо чая, всё остальное с воодушевлением и азартом разворовывается персоналом, да и вообще – на всех не напасёшься.

Туалет – отдельная песня, так как никаких кабинок, стульчаков там предусмотрено не было, просто род насестов вдоль стены с дырками в полу. Если надеть на тапочки бахилы, можно было, конечно, добраться туда и обратно без последствий, в противном случае ничего не оставалось, как шлёпать по зловонной жиже, которая потом разносилась по коридору и палатам.

Насилие? Не верьте! Страшилка! Зачем?

Если за две-три сигареты желающих удовлетворить какого-нибудь дебила-санитара и так хоть отбавляй. Соответственным образом, только дороже, от притязаний можно было и откупиться.

Ангелика приходила каждый день, запастись чем-то впрок было совершенно нереально, крали, отбирали всё, что только можно.

Холодильник? О чём вы? При таком-то «коммунизме»? К чему? Устроить очередной Бермудский треугольник? Их и так там, пруд пруди.

Ангелика совала деньги медсёстрам, санитарам и санитаркам, тихо, но очень убедительно о чём-то с ними беседовала, но это не всегда спасало. Если уже через несколько часов после её ухода я оставалась без того, что она приносила, то легко могла нарваться на укол, наглотаться таблеток, и тогда память как отшибало.

Если возникало подозрение, что вы только делаете вид, что таблетки глотаете, а на самом деле потом незаметно их выплёвываете, вам могли расковырять весь рот грязными или наманикюренными (в зависимости от пола) пальцами, а потом с победным криком, найдя искомое, всадить вам взамен укол. Неважно чего. И бесполезно допытываться, чем вас лечат, это вообще было тайной из тайн, а излишнее любопытство заканчивалось, как обычно, двойной дозой. Куда проще знать некоторые незамысловатые хитрости: например, запивать таблетки молоком, ищи потом чёрную кошку в чёрной комнате, то бишь, белую таблетку в белом кефире или молоке.

Но самое страшное – это зараза. Вши, грибок, «тубик» (туберкулез), любой из гепатитов на выбор, а то и все сразу, полный комплект.

Собственно, рассказывать можно и дальше до бесконечности, но, что самое странное: когда перед отъездом я решила оживить в памяти свои воспоминания, пройдясь по местам «боевой славы», медсестра, которую я упросила быть моим Вергилием, с ловкостью фокусника упрятав, я даже не поняла куда, сунутую ей денежку, провела меня по маршруту, не имеющему ничего общего с тем, что присутствовал в моих воспоминаниях. В чистых, просторных палатах мужчины играли в шахматы и домино, читали, женщины вязали, смотрели телевизор. Конечно, все ходили обколотые, заторможенные, порой даже по стеночкам, но туалеты были вполне приличные, и даже можно было каждый день принимать душ. Я даже врачей, трезвых и благожелательных, сподобилась увидеть, что вообще было чудом из чудес. Вот таким образом в одном и том же помещении соседствовали ад и рай – божественная комедия, просто я, волею обстоятельств, оказалась не на той стороне Луны.

ГЛАВА 2

Только здесь, в Афинах, мне стало ясно, зачем я сорвала с места, потащила за собой Оксану. Меня иногда так переклинивало, хоть криком кричи, да и без «фени» – феназепама, я ещё долгое время не засыпала. Ну а с Бекешиным всё сбылось, будто цыганка нагадала. И, конечно, Оксана здорово скрашивала мне тоску отношений с немолодым похотливым самцом, да ещё творческой личностью (то бишь, наделённым безграничной изобретательностью). Как ни странно, для Оксаны такие вещи были внове, и она во всём шла Арнольду навстречу с большим энтузиазмом.

Переговоры по части запланированного дефиле раскручивались медленно, греки вообще, в основном, народ на редкость неторопливый и необязательный, они только по части обещаний всегда сама любезность и готовность. Однако Бекешин был не новичок в своём деле, у него хватало и необходимых знакомств, и денег, и времени, чтобы особенно не торопить события.

Надо отдать ему должное – он хорошо знал европейскую специфику, не подкладывал нас под нужных лиц, как это сплошь и рядом принято в России, а даже наоборот – тщательно оберегал от нежелательных контактов. Загреметь здесь в тюрьму или нарваться на огромный штраф за нелегальное занятие проституцией было совершенно естественным явлением. Тем более что одного только слова «русский» достаточно было, чтобы изначально подозревать человека во всех смертных грехах. Причём, что самое смешное, здесь «русскими» называли всех, кого ни попадя: даже армян и киргизов. Как и всех наших проституток неизменно величали Наташами.

Слава богу, Оксана вовремя поняла правила игры и вела себя с этой точки зрения безукоризненно. То есть, с первых же часов пребывания в Афинах, мы полностью «забили клин» на мужчин. Да, собственно, и времени у нас свободного почти не было: постоянно какие-то вечеринки, презентации, мы даже не женщинами были, а скорее, живыми манекенами. Я, конечно, не упускала ни одной возможности познакомиться с местными достопримечательностями, но вообще-то знаменитый город, когда-то «столица мира», меня сильно разочаровал: грязный, непритязательный, больше азиатский, чем европейский. Конечно, если хорошо подготовиться, обладать богатым воображением и соответствующими знаниями, можно было бы увидеть немало интересного, но порой эти великие в далёком прошлом развалины буквально осточертевали, надоедали до зубной боли.

Бекешин быстро раскусил во мне деловую хватку, поэтому я всё больше и больше времени занималась переговорами, разъездами, составлением бизнес-планов, выстраиванием рабочих графиков. Но кое-что выкраивалось и для того, чтобы подтянуться в той профессии, которую мне моя лучшая подруга подсуропила: я не упускала ни одного модного показа, решила взять несколько уроков у какой-нибудь из местных профессионалок. Однако особенно меня заинтересовала коллекция дефиле Бекешина на дисках, с которой он в своих поездках никогда не расставался. Если быть честной до конца, я её у него просто спёрла, то есть, скопировала на внешний жёсткий диск и изучала при каждом удобном случае, забив ею даже свой смартфон.

Наши отношения с Оксаной день ото дня становились всё напряжённее. Я не понимала, откуда у неё вдруг взялся тот соревновательный дух, который буквально обуял её. Она стремилась вытеснить меня напрочь из наших интимных отношений с Бекешиным, быстро сориентировалась относительно работы на подиуме, которая ей предстояла, и даже вскоре с большой форой обогнала меня, какие усилия я ни прилагала. Была только одна сфера, в которой она ничего не смыслила: бизнес, но она в него и не лезла. Хватало ума.

Я решила поделиться своей идеей насчёт уроков с Арнольдом, но тот лишь скептически покачал головой в ответ на мою просьбу.

– Гиблое дело. Ты просто здешний модельный мир не знаешь. Такая ревность к славянкам! Считается, что за одну русскую трёх местных дают. Да и вообще, по пальцам можно пересчитать гречанок, которые известны в Европе, я бы даже меньше назвал: двух-трёх, не больше. Могу дать совет: возьми лучше в учителя какого-нибудь парня. Правда, они почти все в этом бизнесе геи, но, по крайней мере, и деньги потратишь не зря, и приставать не будут. Ты как к «голубым»-то относишься? Может, предубеждения какие-нибудь имеются? Тогда беру свой совет обратно.

– Да нет, какая мне разница, – пожала я

плечами. – Каждый сам своей судьбой управляет.

Арнольд хотел было удалиться, потом задумался.

– Слушай, я даже готов оплатить тебе твои уроки. Ты ведь по-гречески ни бум-бум, а дела вести надо. Вот тебе и готовый переводчик заодно, при условии, конечно, если он ещё и языки знает. Только сама не парься, я с ребятами поговорю, кто-нибудь да отыщется.

Олкимос материализовался, словно из воздуха. Я, как часто в последнее время бывало, ужинала в одиночестве в кафе «Мелина», на которое давно глаз положила: уж больно приветливый был здесь хозяин, такие комплименты мне делал, что я совершенно не чувствовала себя «Наташей».

Ко мне подсел невероятно красивый

парень, на вид лет двадцати трех-двадцати пяти, почти двухметрового роста. Он постоянно улыбался, не упуская ни одного случая лишний раз показать свои безупречные зубы, и вообще был на редкость смешлив. Ещё бодр и очень приветлив. Я почувствовала, что мы с ним сработаемся, однако вечером нас с Оксаной ждал сюрприз.

– Всё, девочки, отдых закончился, – Бекешин был и обрадован и угнетён одновременно. – Предлагаю закатиться на пару-троечку дней поближе к морю, в Лутраки, затем сюда приедет моя команда в полном составе. Ну а дальше сами всё увидите: наша профессия – тот ещё дурдом.

Я вздохнула с облегчением: трудностей я никогда не боялась, а хотелось проявить себя, наконец, в деле по-настоящему.

ГЛАВА 3

Приехала «команда», о которой говорил Бекешин. Нам пришлось перебраться на специально снятую загородную виллу. С одной стороны, чтобы пожалеть сердца горячих афинских мужчин (кого-то и инфаркт мог хватить!), с другой, чтобы не дразнить гусынь, я имею в виду местных конкуренток. Я и сама просто с ума съехала от такого обилия женской красоты, нарядов, косметики. И тут же скукожилась похлеще серой мышки. Что интересно – я ждала этого дня как манны небесной, чтобы хоть в какой-то степени свести на нет козни Оксаны, но оказалось, что все мои предыдущие невзгоды были лишь семечками.

«Пара-троечка дней на море» в прекрасном местечке Лутраки (80 км от Афин), достались в основном всё той же «гарной українській дівчине». Я же постоянно сидела на телефоне, в перерывах моталась в Афины, договаривалась там по всем вопросам (в том числе, и о вилле). Пару раз мне, правда, удалось искупаться, но не загореть.

Сейчас же я вдруг оказалась вообще никому не нужна, ощутив свою полную ничтожность.

Моя деловая хватка? Здесь были такие зубры, которые могли маме родной глотку перегрызть.

Мои уроки, попытки чему-то научиться по дискам? Моделями рождаются, и только потом становятся.

Между тем колесо закрутилось так, что чертям тошно стало. Нескончаемые фотосессии, переговоры чуть ли не по всему миру, реклама в газетах, журналах, на телевидении. Спонсоры, поклонники, презентации, визиты звёзд. Был даже арендован частный самолёт.

К счастью, меня выручил Поцелуйчик (Олкимос раскрыл мне прозвище, которым его называли в узком кругу самые близкие его друзья и знакомые). Он помогал мне до приезда «команды Арни», но не оставлял без внимания и потом. Представлял всем подряд: прежде всего коллегам по модельному бизнесу, в их числе своему официальному «другу» Иэросу, даже своей многочисленной родне. Ну и, конечно, учил меня, как мог, профессиональному мастерству. Как-то он увидел в моём портмоне ту знаменитую фотографию, сделанную на Кипре, и попросил разрешения переснять её. Я не удержалась от того, чтобы показать ему свои знаменитые портфолио, от которых он вообще пришёл в дикий восторг. Пришлось даже подарить ему несколько фотографий (копии, разумеется).

Пыльные камни вдруг ожили благодаря рассказам Поцелуйчика, и Афины (в первую очередь, Акрополь, Парфенон), как и вообще вся Греция, вдруг открылись для меня словно по волшебству во всей своей красе.

– Гетеры – проститутки? – удивился Олкимос, когда зашла речь о моём первом прозвище. – Аня, я удивляюсь, ты такая эрудированная девушка, и вдруг – столь удручающая безграмотность. Ладно, на твоё счастье ты в Греции, и рядом с тобой твой верный Олки. Так что слушай внимательно. Начну издалека, по-другому не получится. Люди почему-то думают, что в древности человек был закабалён до предела, и только постепенно, путём жесточайшей борьбы, пришёл к современному состоянию: свободе, защищённости, демократии. На самом деле, всё как раз наоборот. Никогда ещё человек не был в таком беспросветном угнетении, как сейчас, и кабала его становится всё более и более невыносимой.

Да, было рабство, было неравенство среди людей. Но именно в равенстве, как это тебе ни покажется странным и заключается главное ярмо. Может, ты слышала такое выражение: «все люди от рождения – камешки, а так хочется сделать их кирпичиками, чтобы удобнее потом было укладывать в штабеля». Есть умный человек, красивый душой, и есть дурак дураком, как можно сделать их равными? Самый простой и действенный способ – прокрустово ложе, естественно, подстроенное под дурака. Всё что сверх того, отрубается, отбрасывается, как вредное, ненужное. И так происходит не только с людьми, с целыми народами и даже цивилизациями. Как можно, к примеру, внушить мусульманину, что законы, придуманные людьми, могут быть выше, главнее основ веры, ниспосланной ему Аллахом? Христианин привык, он просто раздваивается, живёт сплошь и рядом двойными стандартами, но в умме такой фокус не пройдёт. Как, мы, греки, можем жить здесь, в Европе, по одинаковым стандартам с теми же шведами, эстонцами, немцами? У нас совершенно разные представления о любви, семье, жизни. Да взять хотя бы вас, русских: для вас духовное всегда было и пребудет вечно выше материального. Не удивительно, что вас не устают гнобить по малейшему поводу, хотя питаются плодами ваших умов веками. Хоть что-нибудь поняла?

Я лишь молча покрутила пальцем возле виска.

– Слушай, мальчик, твоё имя, случайно, не Кузнечик переводится? Что ты скачешь с одного на другое, как попрыгунчик? Давай лучше вернёмся к гетерам. Это для меня, действительно, интересно. А то, что ты сейчас мне наплёл – чистейшая китайская грамота.

Олкимос вздохнул с лукавым сожалением:

– Эх, женщины, ничего-то вы не понимаете. Ладно, пусть будет по-твоему. Итак, гетера. Это не проститутка, и даже не гейша, ничего общего. Уникальное явление, которого уже нет, и которое, к сожалению, вряд ли когда-нибудь повторится. В Древней Греции были разные виды проституток, от дорогих до самых дешевых, без затей, доступных даже нищему. Были порядочные уважаемые женщины. У которых, однако, не было никаких прав: выбирать себе супруга, участвовать в общественной, политической жизни своего государства. Мало того, по первому желанию муж мог развестись с любой из них совершенно без повода, дети после развода, естественно, оставались у него. Какая участь её потом ожидала, лучше на эту тему не рассуждать. То есть, во всём полнейшая беспросветность. Но были гетеры, не проститутки, как ты их назвала, а богини ума, красоты, эротики. Лучшие из них навсегда остались в мировой истории наравне с самыми выдающимися людьми своего времени, очень часто являясь их любовницами, подругами, вдохновительницами одновременно. За близость с ними люди платили огромные деньги. Они во всём являли собой совершенство. На равных беседовали с философами, политиками, по красоте, ухоженности тела им не было равных, ну а уж наслаждения в сексе они могли подарить такие, что даже самые суровые правители теряли голову. Повторяю, никто из великих не мог без них обойтись. Археанасса вдохновляла Платона. Аспазия, в конце концов, женила на себе правителя Афин Перикла и прожила с ним добрых два десятка лет. Кстати, именно с неё началась история феминизма в истории человечества, она очень много сделала для того, чтобы хоть как-то освободить греческих женщин, внушить уважение к ним. Во всяком случае, в Древнем Риме положение в этом плане резко переменилось. Жёны там обладали гораздо большими правами, свободами, возможностями. Какие тебе привести ещё примеры? Знаменитая Фрина вдохновляла художника Апеллеса, в частности, именно с неё он писал свою знаменитую Афродиту Анадиомену, ну, ту твою «Афродиту, выходящую из моря» и скульптора Праксителя, который изваял по её подобию Афродиту Книдскую. Таис Афинская была долгое время любовницей Александра Македонского, а потом вышла замуж за египетского царя Птоломея I Сотера и родила ему сына и дочь. А Феодору, которую иначе, как заурядной шлюшкой поначалу никто не воспринимал, в итоге мир увидел византийской императрицей, когда она стала супругой Юстиниана. И проявила себя впоследствии образцом государственной мудрости, справедливости, решительности. Ладно, умолкаю, ты ведь совсем не для подобных лекций меня наняла. Перейдём ближе к делу.

Мы гоняли с утра до вечера на мотоцикле Олки, использовали каждую свободную минуту для того, чтобы поупражняться на подиумах, часами наблюдали, сидя в маленьких уличных кафе, с какой грацией преподносят себя в походке местные красавицы, шлялись по киношкам, лавчонкам, магазинам. Но ничто не длится вечно.

Бекешин так и не решился на расширенный показ в Афинах. Как он и планировал, организовал лишь пару дефиле для самой избранной публики, коллег, журналистов. Что было тому причиной, я так и не поняла: может, он боялся провала? Но, собственно, так и задумывалось с самого начала: Арнольду важен был лишь сам факт нашего старта из Афин.

Как-то вечером ко мне подошла Оксана и со счастливым видом хлопнула меня по тому месту, откуда ноги растут:

– Ну что, подруга, а не пора ли нам

обмыть договорчик?

У меня хватило ума не задать так и просившийся на язык вопрос, что за договор она имеет в виду, но Оксана сама по моему ошарашенному виду моментально обо всём догадалась и прикусила язык.

— Я в том смысле, не пора ли нам присоединиться к фуршету? Завтра ведь мы отсюда уезжаем.

— Конечно, пора, — сумев взять, наконец, себя в руки, улыбнулась я. — Ты уже собрала вещи?

Оксана махнула рукой.

— Ну не все, осталось ещё. Но у меня нет желания сегодня напиваться.

Мы влились в общую компанию. Были только свои, поэтому никто особенно не наряжался. Царило всеобщее благодушие, граничившее с ликованием. Как обычно бывает у людей, измученных ожиданием. В какой-то момент я всё-таки не сдержала обиду, и, вместо того, чтобы хорошенько обдумать сложившуюся ситуацию и выбрать более подходящее время, ринулась к Арни, чтобы высказать ему всё, что я о нём думаю.

– Ну а что ты хотела, Анюта? – спокойно ответил Бекешин на вопрос о моей дальнейшей судьбе. – Ты сама подложила себе свинью. Зачем надо было приглашать с собой подругу? Вакантное место было только одно, конкуренция тоже свободнее некуда. А победа достаётся сильнейшим. Но ты не беспокойся за себя, ты будешь с нами всё турне. Разумеется, только на подхвате. Считаю, тоже неплохо. Для начала.

– То есть, «подай – принеси»? Каждой бочке затычка? Или, пардон, наоборот – каждой затычке бочка?

Но Бекешина было не смутить.

– Всё будет нормально, Анюта. Кстати,

вот деньги, их надо передать Олкимосу. А это твоя доля, тут даже небольшая премия. Вы хорошо поработали, вполне поощрение заслужили.

– Спасибо и на том, – холодно ответила я, но деньги взяла, разумеется.

Бекешину явно не понравился мой тон.

– В принципе, если не хочешь ехать с нами, наш «драный модельный бизнес», как ты в прошлый раз выразилась, прекрасно обойдётся и без тебя, – процедил он сквозь зубы, с трудом сдерживая ярость.

Я тут же постаралась стушеваться:

– Простите меня, Арнольд Евгеньевич. Конечно, вы правы, я сама во всём виновата.

– То-то же, – милостиво согласился умерить своё негодование «мэтр».

Поцелуйчик ждал меня на нашем условленном месте.

– Аня! Я не узнаю тебя, – покачал он головой сокрушённо. – Ты впервые за всё время нашего знакомства опоздала. На целых пятнадцать минут. Да ещё умудрилась отключить телефон! На тебя такое совсем не похоже. Нас ведь ждут. Ты не забыла? Завтра ты уезжаешь, а сегодня твои проводы.

Я расхохоталась. Пятнадцать минут опоздания! В стране, где не только могут опоздать на час или два, а и вообще забыть о назначенном свидании. И кто бы делал мне замечание? Сколько я своего греческого друга на сей счёт дрессировала, и сколько раз он сам меня подводил?

– Прости, Олки, – со вздохом проговорила я, наконец, чувствуя, что мой смех вот-вот перейдёт в истерику. – Я никуда не поеду сегодня. Совсем нет настроения. Извинись за меня перед ребятами. И… давай прощаться. Вряд ли нам когда-нибудь ещё доведётся свидеться. Я просто пришла тебе деньги передать от Арнольда, а так всего лишь позвонила бы по телефону. У нас там тоже междусобойчик, я обязана присутствовать на нём. Пока!

Я вручила конверт с деньгами, развернулась, но Поцелуйчик задержал меня. И совсем обалдел, увидев на моих глазах слёзы.

– Анюта! Анечка! Что с тобой?

У меня не было никакого настроения обсуждать с кем-либо свои проблемы. Пока я шла к Олкимосу, я уже практически успокоилась. В поведении Бекешина, действительно, не было ничего для меня оскорбительного. И вообще, что такого, непоправимо страшного, произошло?

Я хотела исчезнуть на время? Меня никто не отправлял обратно.

Я рвалась начать выполнять свою новую

работу в Фонде? Руки у меня теперь, наоборот, были развязаны, просто идеальный вариант.

Возможность лишний раз поучиться стильно, со вкусом, одеваться, поднатореть в искусстве макияжа, чтобы затем подняться ещё на ступеньку выше уже в своём бизнесе? Да ради Бога!

Что на другой чаше весов?

Одни только эмоции, какие-то совершенно необоснованные обиды, построенные на таких же непомерных, ничем не подкреплённых, амбициях. Хотя… почему бы не поделиться всем этим с человеком, который так хорошо ко мне относился, фактически стал моим другом, и которого я никогда не увижу больше?

– Ты знаешь, что самое обидное, – закончила я свой рассказ, не удержавшись всё-таки от того, чтобы не разреветься. – Я хотела им замечательную идею предложить: взять тебя и троих-четверых твоих ребят в команду. Арнольд всё построил в своём показе на Греции, но где она? Да, я понимаю, конечно, ваших знаменитых манекенщиц нанять — никаких денег не хватит, они и так нарасхват, но вы, вот вы могли бы произвести прекрасное впечатление.

Олкимос усмехнулся:

— Анюта, какая же ты наивная девочка. Нет Греции в этом турне Бекешина? Посмотри внимательнее свои портфолио. Там Грецией дышит каждая фотография. Да, ты не Клаудия Шиффер, ты вообще не модель. Над тобой в этом смысле надо работать и работать, а возраст уже не тот. Но тебя обокрали, Анчик. Всё оформление, рекламная компания задействованы на тебе, но от тебя в них только образ, лёгкая дымка, самой тебя нигде нет и в помине. Я не знаю, как Бекешин будет расплачиваться с Минкиным, но, если по справедливости, им совершенно невозможно договориться в данном случае, минуя тебя. Я промолчал в прошлый раз, когда ты выкладывала передо мной свои богатства, но руку Марка Минкина не только я, многие в мире знают. Он фотограф от Бога, входит в десятку лучших в своём бизнесе. Да, конечно, ты совершила большую ошибку, не скрепив ваши отношения с Бекешиным договором прежде, чем ехать в планировавшееся турне, оставив всё на потом. Но и Минкин опростоволосился, дал маху, не оформив договор на свои услуги. Я понимаю, он не хотел платить налоги и, как у вас говорят, откат бандитам, полагал, что делает свои уникальные портфолио для проститутки, и твои фото никак не попадут на столь высокий уровень. После скандала с вашим киллером Александром Солоником и его подругой – моделью Светланой Котовой, мы здесь, в Греции, узнали много из того, как у вас в России ведутся дела. Но, как бы то ни было, все фотографии теперь – твоя полная собственность, и, при случае, ты можешь доставить Бекешину немало неприятностей.

– Господи! Котова, Саша Македонский, когда это было? – мрачно усмехнулась я. – Вы что же, до сих пор судите о России по столь отдалённым временам? А может, ты не случайно упомянул имена этих людей? Хочешь пожелать мне их участи?

Поцелуйчик пожал плечами, сильно раздосадованный. Пожалуй, таким я его видела впервые, да и вообще представить себе раньше не могла.

– Ладно, проехали, – вздохнул он, наконец, и поцеловал меня на прощание в щёчку. – Удачи тебе во всём!

– Стоп! – остановила я разобиженного грека. – Ты что-то конкретно хотел мне сказать?

Олкимос не мог так быстро справиться со своей обидой. Я его не торопила, давала время прийти в себя.

– Я просто хотел предложить тебе бизнес, – ответил он, наконец, не очень уверенно.

– Бизнес? – насторожилась я. – Ну так бы сразу и сказал. Зачем тянул кота за хвост? Бизнес это как раз мой мир.

– ...на котором ты не заработаешь ни копейки.

Да, с ума сойти, действительно, бизнес! Просто спал да упал! Я даже присвистнула от удивления:

– Ну, Поцелуйчик, ты не просто красив, как бог, ты ещё бог по части сюрпризов. Разве это бизнес? У нас, русских, это называется надувательство, мошенничество, ну а если по новомодному – «разводка».

– ...но зато тебя будет знать каждая собака в Греции. – Сумел таки закончить Олкимос свою трехступенчатую мысль. Этим он меня окончательно добил.

– Слушай, ну и зачем мне ваши греческие собаки, которых ты собрался всех мне на шею повесить? У нас и в России такого добра завались.

Конечно, Олкимос не понимал и половины моего фразеологического юмора, он слишком плохо знал для этого русский, но парень он был упрямый и продолжал гнуть свою линию.

– Аня, я друг, но я – никто, всё, что я могу сделать – познакомить тебя с нужными людьми.

– Бескорыстно? – с иронией уточнила я.

– Нет, конечно, – честно ответил Поцелуйчик. – У меня тоже есть свой интерес, а ещё – мне немного заплатят, как посреднику. Если хочешь, эти деньги мы можем поделить поровну, фифти-фифти.

– Да чего уж там! Медный грош пополам не делится. Если только надвое его разрубить, но тогда он вообще всякий смысл потеряет. Что там дальше? Давай, колись, надоел ты мне со своими реверансами!

Олкимос засуетился.

– Всё очень просто. Одно наше агентство сделало заказ вашему агентству на пару моделей с раскруткой их сразу по четырём статьям. Ну как обычно: съёмка в журналах, в каталогах, участие в дефиле, реклама на телевидении. Ваши девушки сначала согласились, даже прислали не только портфолио, но и тестовые фото, а потом, в последний момент, отказались – испугались, что их хотят задействовать в секс-трафике, то есть, продать в сексуальное рабство. Ваши выкрутились, прислали взамен двух «свободных», надеюсь, ты знаешь, что это такое?

– Конечно, – ответила я. – «Кисоньки-мурысоньки», которые не имеют постоянного места, ходят на кастинги с утра до вечера, изо дня в день, где-то цепляются, потом снова скатываются, вновь оказываются без работы. Как я поняла, эти две девчонки оказались совсем никудышними.

– Да, второй сорт, – согласился Олкимос. – У нас таких своих выше головы.

– Ясно, и что дальше?

– А дальше… я предложил им модель, которая одна стоит двух. Твои «буки» – портфолио, я уже видел, композитки, то есть визитки, мы сами сделаем, именно такие, какие нам нужны. Но необходимы тест-фото, тестовые фотографии, надеюсь, ты знаешь, что это такое?

Ещё бы не знать! Такая элементарщина! Вот уж где я выглядела полнейшей уродиной – без макияжа и фотошопа. А уж позы, ракурсы – я же говорила: корова под седлом.

– Знаю, конечно, – ответила я без особого энтузиазма. – У меня такого добра завались.

Олкимос кивнул:

– Ну как, ты хорошо подумала?

– А что тут думать? – пожала плечами я. – Не получится, так не получится, домой улечу.

– Тогда… в гостиницу? За «твоими богатствами»?

– А может, мне сразу и вещички собрать заодно? – пошутила я.

– Было бы здорово, – ответил Олкимос на полном серьёзе.

Я не понимала себя. Что я делаю? Зачем

меня тянет на какие-то авантюры? И что я выигрываю? Ничего. Что проигрываю? Небольшие, но деньги, а значит, возможность погасить хотя бы самые срочные, неотложные, долги. Возможность заработать совсем другие деньги в Фонде. Повидать Европу, пусть мельком. Но эмоции, конечно, пересилили.

Я собрала сумку и постояла немного в раздумье: нельзя было исчезать по-английски, никого не поставив в известность. У Бекешина вполне хватило бы ума заявить о моём исчезновении в полицию, а это дело не шуточное. И как быть? Разыскать его и уже по полной программе высказать, что я о нём думаю? Упомянув кстати о Минкине, и о том, что я вполне могу подпортить ему старт, рассказав прессе, почему я решила вернуться обратно в Москву? Это так чудесно совпадало с его скомканным показом в Афинах, граничившим с пренебрежением. Нет, я не дура, за такие вещи могут накостылять по полной программе. К счастью, судьба нос к носу столкнула меня с Оксаной. Та поспешила отвести взгляд в сторону, и собралась было пройти мимо, но я её задержала.

– Оксана, я не поеду с вами. Только прошу, сегодня не говори никому. Завтра утром, когда подкатит автобус, Арни наверняка встрепенётся, тогда и доложишь нашему общему другу обстановку. И, ради Бога, не подумай, что я держу зло на тебя. Всё было по-честному. Главное, чтобы мы остались подругами. Мы ведь с тобой через такое вместе прошли, неужели из-за какой-то ерунды разругаемся?

Оксана вспыхнула то ли от стыда, то ли от неожиданно свалившейся ей с неба удачи, затем кинулась мне на шею.

– Анюта! Я так счастлива, что ты простила и даже поняла меня. Просто страх гнал меня напропалую, – бормотала она, не сдерживая слёз. – Я ничего не соображала. А ты сама не боишься возвращаться в Москву?

По всему чувствовалось, что совесть ещё оставалась в ней и козни камнем лежали на душе. Хотя даже сейчас она до конца мне не верила, подозревала какую-то каверзу.

– Я же тебе говорила, что мне обязательно нужно вернуться. Но тебе не советую. Хотя ты знаешь, если они решат нас приговорить, мы и здесь от них не спасёмся. Просто не так изощрённо мучить будут. Однако я думаю, что всё обойдётся, мы выкрутимся. Ты пойми меня правильно: здесь я – никто, а в Москве есть люди, хоть их и не много, на которых я могла бы в случае чего опереться. У тебя положение другое.

К счастью, мой кастинг прошёл очень быстро. Какой-то толстогубый колобок лишь мельком взглянул на меня, с моими фото он ознакомился без нас, пока мы дожидались в коридоре в толпе соискательниц.

– Всё в порядке! – Олкимос улыбался до ушей. – Сегодня переночуешь у меня, завтра вернёмся сюда обратно, ты заключишь договор, разовый пока, всего на несколько дней, а потом мы устроим тебя в хорошую гостиницу. – Но нам с тобой ещё о многом нужно будет переговорить.

Переговоров не получилось. Я была настолько измучена прошедшим днём, что меня хватило только на то, чтобы принять душ и рухнуть на приготовленную Поцелуйчиком постель, моментально забывшись сном.

ГЛАВА 4

Проснувшись, я какое-то время лежала с закрытыми глазами, пытаясь осознать, что вчера произошло.

Я поставила крест на своей несостоявшейся работе модели, так как испортить отношения с Бекешиным означало фактически вылететь из этого бизнеса навсегда.

Не получилось из меня и Матери Терезы, спасающей грешных марий магдалин из цепких лап сексуального трафика.

Что ещё?

Я потеряла впустую две недели времени.

Денег, которые я получила от Арнольдика, с трудом должно было хватить на обратный билет до Москвы.

Теперь о «столице нашей Родины». Что меня там ожидало?

Разочарование на лицах Немальцыной и Иннуси. Вполне обоснованное. Эти жирные грязные пятна на моей репутации мне тоже потом не отмыть никогда.

Не исключено, что новый виток сексуального рабства у Комягина. Да, собственно, во всех случаях оно оставалось, только оброк за «крышу», которую он вроде как должен был мне предоставлять, надеюсь, будет поменьше. Благодаря Иннуле.

Единственно возможный вариант дальнейшего существования – девочка по вызову, которых в нашей Белокаменной и так, как грязи.

То есть, полный разгром.

Я ещё раз обмозговала, выстроив для удобства в столбик, все эти размышления, но времени у меня было слишком мало, чтобы заняться ими всерьёз. В принципе, куда рациональнее было бы покумекать над своей дальнейшей судьбиной в самолете, но я и там вполне могла вырубиться, как вырубилась вчера, когда мой «греческий друг» рвался какие-то очень важные (для него, не для меня, конечно) вопросы со мной обсуждать.

Поцелуйчик…

Олкимос уже встал. По всей слышимости, готовил завтрак на кухне. Парень оказался не так прост, как мне представлялось вначале. Он, собственно, и не скрывал, что всего лишь хочет на мне заработать, но не исключен был и другой вариант: к вечеру, так удобно изолированная от основной группы, я вполне могла оказаться в каком-нибудь из местных, либо даже турецких, борделей, проданная в пожизненное сексуальное рабство.

Что делать?

Собственно, если есть хоть какой-то, пусть даже самый минимальный, вариант риска, зачем подвергать себя опасности? Оставить на произвол судьбы вещи, пусть даже и вместе с портфолио, чёрт с ними – всё равно только копии, и улететь из Афин в Москву совсем налегке первым же рейсом. Если, конечно, Олки не успел изъять и перепрятать мои документы. Тогда всё усложнится в разы.

Так что пора вставать, детка. Перво-наперво – проверить сумочку.

Но я не успела этого сделать. В комнату вошел Олки, практически голый, в затейливом переднике в клеточку на манер шотландского килта (то бишь, юбчонки их) и смешном поварском колпаке из такой же ткани. Он мгновенно оценил обстановку, но не подал вида, что догадался о ходе моих мыслей, и о том, что я навострила лыжи, задумала сбежать.

— Завтрак готов, богиня (о, даже богиня, ну да, я ведь Афродита!).

Я улыбнулась самой ослепительной из запаса своих улыбок, то есть, «рот до ушей, хоть завязочки пришей».

— Мы немного опаздываем, — поморщился Олкимос, когда мы сели за стол, — но так не хотелось тебя будить. Ты всегда так спишь – голышом?

Я покраснела:

— Нет, просто у вас климат такой – считай, что моя новая, греческая, привычка. Сувенир! Куда мы сегодня?

— Ну, прежде всего, нужно подписать договор. У нас строго с этим. Налоги сдирают до мяса. Дальше у тебя будет плотный график, распланированный не только по часам, но кое-где даже и по минутам. Первый важный вопрос, касающийся наших с тобой отношений: я не только выполняю функции твоего агента, но и участвую, насколько удастся, в твоих съёмках, тебя устраивает такой вариант? Если нет, ты будешь работать с другим человеком.

Я задумалась.

— Значит, ты не сам по себе? Представляешь кого-нибудь? Ловишь дурочек на крючок?

Поцелуйчик вздохнул.

— Аня, я не притворяюсь, мне вообще очень просто разговаривать с тобой. Начнём с того, что у широкой публики закрепилось много неправильных стереотипов (представлений) о нашем, «глянцевом», мире. Одно из них состоит в том, что красота и ум вроде как совершенно несовместимы, а значит, все мы в модельном бизнесе круглые дуры и идиоты. Однако среди нас нет имбецилов. Конечно, характеры будь здоров у каждого, но перед соображениями выгоды и здравого смысла всё отступает. Иначе, как вошёл, так и выйдешь – ворота всегда открыты. Вот только вернуться назад невозможно. Стоит ли удивляться, что среди нас так много студентов? Я, к примеру, параллельно со своей работой, окончил университет по специальности «русский язык и литература». Ваши модели одни из лучших, поэтому у нас немало агентств, которые работают с девушками из России. Да и не только России, практически из всего бывшего СССР. Но для нас вы все русские, даже таджички и казашки. Вот в одном из таких агентств я и подрабатываю скаутом, то есть выискиваю ребят и девушек, которых можно было бы задействовать в нашем бизнесе, через него как раз вышел на меня и твой Арнольд. Не скрою, знакомство с тобой сильно повлияло на меня: я давно уже задумывался над тем, что будет со мной дальше? Конечно, можно работать в «эМБи» и после 25 лет, но это уже сползание, унижение, «возрастная модель». Я не очень большая величина среди наших, сам не знаю, почему. А за пределами Греции вообще никому не известен. Так что, какие у меня шансы? Перейти на постоянную работу функционером в туристическое или модельное агентство? Преподавать где-нибудь русский язык? Самый лучший выход – найти какую-нибудь вдовушку лет на двадцать старше себя, но я гей, для меня и это невозможно.

Я фыркнула:

– А что, гомосексуализм – болезнь? Нельзя переквалифицироваться?

Олкимос поморщился, я забрела куда-то не в свои пределы. Но он понимал, что я не хотела его оскорбить, просто ничего в таких вещах не смыслю.

– Не болезнь. Хуже. Образ жизни. Мне кажется даже, что у меня это в генах сидит.

– Ну, тогда ты мог бы найти не вдовушку, а «вдовца».

Поцелуйчик улыбнулся, он больше не сердился на меня.

– Аня, среди нас прочные связи – большая редкость, особенно когда два человека находятся на разных уровнях в обществе. Зачем богатому человеку заводить себе постоянного любовника, когда только свистни и сбежится целая толпа херувимчиков, один красивее другого, да и моложе – тоже немаловажный фактор.

– Ты занимаешься иногда проституцией? – задала я неожиданно пришедший мне в голову совершенно дурацкий вопрос.

Олкимос опять поморщился.

– Эскорт, Аня, эскорт. Это максимум, который модель может себе у нас позволить. Да и то лишь изредка. Да, бывает, что люди ставят такое условие, и приходится идти на него, чтобы перехватить тот или иной заработок. Но чтобы я сам искал клиентов, зазывал их на улице… Я бы на следующий день вылетел со своей основной работы с большим скандалом, а то, даже и сел в тюрьму. Может, у вас по-другому? Я был в России, и не один раз, но одно дело быть, бывать, и другое – жить.

– Откуда мне знать, я никогда не была моделью, – пожала плечами я.

Олкимос убрал продукты в холодильник и принялся мыть посуду.

– Понимаешь, Анюта, мы все на виду, в том числе и такая мошка, как я. Я не могу даже сменить «друга» без согласования со своим агентом. Мы с Иэросом уже разошлись фактически, он каким был, таким и остался, не задумывается о будущем, ну а мне мысли, которые я тебе только что высказал, в последнее время всё чаще приходят в голову. У нас нет больше общности интересов. Мне нужен совсем другой человек. Но как-то надо обставить наше расставание. Уже решено: Иэрос вроде как влюбится, встретит какого-нибудь мачо, я в свою очередь должен погоревать некоторое время для видимости, но недолго – если я останусь один, это тоже будет плохо. За мной станут следить, выдумывать всякое. Ну а ещё хуже – если вообще перестанут обо мне писать.

– Иэрос – это псевдоним?

– Да, на самом деле его зовут Аргос, но в переводе и то, и другое имя звучит одинаково – «сияющий».

– Красиво. А как переводится Олкимос?

– «Сильный». Аня, ты увиливаешь от ответа, тебе не нравится наш разговор?

– Нет, просто ты сказал, что нам надо спешить, что мы опаздываем, а мы почему-то мелем воду в ступе. В отличие от тебя, Поцелуйчик, я окончила институт управления, поэтому предпочитаю разговорам дела. Я прекрасно поняла тебя: тебе хотелось бы засветиться со мной в рекламе, интервью, съёмках – где получится. Не исключено, что это поможет тебе осуществить какую-нибудь твою затаённую мечту. Но ты ни слова не сказал, в чём она? Стать лицом какой-нибудь фирмы?

Олкимос был сбит с толку. Как долго он ходил вокруг да около, а можно было бы сразу с главного начать.

– Моя мечта – кино, но она недосягаема.

Так что не будем о ней говорить.

— Ты слишком красив, — сухо проронила я.

— Что? — с недоумением переспросил Олкимос.

— Не обижайся, но такие приторные физиономии в кино давно не в моде. Я не помню, кто из кинодеятелей сказал: господи, где вы, великие актеры прошлого, сегодня мы снимаем одних уродов, но времена красавчиков, даже таких, как Барт Рейнольдс или Пирс Броснан, и в самом деле давно прошли. Нужно просто найти специалиста, который поколдовал бы над твоим имиджем, дело вполне могло бы сдвинуться с мёртвой точки.

Олкимос грустно усмехнулся.

— Аня, ты совсем не знаешь этот мир.

— Я не знаю? — возмутилась я. — Да я напрочь сдвинутая киноманка. Назови любой фильм, девять из десяти, что я его смотрела. Ты помнишь, как Джон Траволта после своего блестящего успеха, триумфа даже, в «Субботней лихорадке» через какое-то время совсем исчез с экранов? Но он вернулся, правда, совсем в другом обличье, и до сих пор звезда. Так что я за свои слова отвечаю.

Поцелуйчик задумался.

– Марк Минкин, – сказал он вдруг. – Ты могла бы нас познакомить?

– Вполне. Моя закадычная подруга в очень хороших отношениях с ним. Но один Минкин задачу не решит. Нужно заказать сценарий, в котором фигурирует грек, или действие частично происходит в Греции. Найти спонсора. Снять фильм. Самое удачное, если это будет сериал о модельном бизнесе, и ты будешь играть в нём пусть не главную, но вторую или третью по значимости роль.

Олкимос скептически поморщился.

— Аня, кто сейчас в мире смотрит русские фильмы? Мне проще осуществить твою идею здесь, в Греции.

— Проще. Но у нас это будет стоить дешевле. И потом, наверняка когда ты бывал у нас, в России, на тебя просто западали.

— Да, — кивнул Поцелуйчик. — Причём, как ни странно, в основном, женщины. И им было наплевать: гей я или не гей. Но и в ночных клубах я тоже был в центре внимания.

— И значит, легко мог бы найти спонсора или спонсоршу…

Олкимос скептически промолчал.

— Ладно, — сказала я. — Пока всё ясно, мы играем в одной команде. Ну так что? Десять минут на сборы, и поехали? Но только не на мотоцикле. Может, закажем такси?

III. СТРАСТИ-МОРДАСТИ

ГЛАВА 1

К ночным звонкам я уже привыкла – как-никак издержки моей профессии, но вот утро – дело святое, никакой макияж не спасёт, если как следует не выспаться. Кто бы это мог быть? Комягин? Смартфон я предусмотрительно отключила, но звонили на гостиничный номер.

Я взяла трубку и сонно спросила:

– Алло, кто это?

– Я это, сучка, я! Ты зачем отключила мобильный? Думала скрыться от меня? Ждала ведь, точно ждала, что я позвоню.

Я несколько секунд раздумывала, как мне поступить. Бросить трубку, позвонить на коммутатор и попросить, чтобы на ближайшие четыре-пять часов меня ни с кем не соединяли? И что потом? Я никогда не могла даже представить себе таким Арнольда, хотя, казалось бы, провела с ним достаточно времени, чтобы составить о нём достоверное представление. Самое смешное было в моей первой реакции: звонит Егор, настолько прочно его манеры общения в мои плоть и кровь вошли.

— Хорошо, Арнольд Евгеньевич, подождите немного, я сейчас включу свой смартик. Я его, действительно, по ночам отключаю. Приходится: поклонники, или просто психи всякие.

— Ах да, ну как же я запамятовал, — ещё больше распалялся Бекешин, — поклонники, психи, ты ведь теперь у нас звезда. Подключи планшет, сучка, хочу с тобой по Скайпу поговорить, на рожу твою мерзкую посмотреть.

В перерыве между подключением я

успела позвонить Поцелуйчику, в ответ услышала сначала отборную брань на греческом, затем хмурое:

– Ладно. Сейчас буду.

Вот так-то лучше.

Чувствовалось, что Арнольд предстал передо мной с хорошего бодуна: сидел в одних трусах, обычно называемых «семейными», с всклокоченными волосами и неприятной волосатой грудью.

– Чему обязана? – нахально спросила я, бесцеремонно разглядывая его, как забредшего ко мне в гости на завтрак (аж с самого Кипра!) таракана.

– Дури своей, чему же ещё? – Бекешин продолжал бушевать. – Чтобы завтра убралась из Афин. Приказ! И не обольщайся, в Москве я тебя вообще по стенке размажу.

– Смысл? – попыталась уточнить я.

– Смысл? Что ещё за смысл? – Первые

несколько ходов в дебюте остались за мной. Я сумела поставить Арнольдика в тупик.

— Зачем мне так торопиться, если меня всё равно «размажут»? — спокойно ответила я. — Вот только кто? Ты, случайно, не переоцениваешь себя, Арнюсик? Забыл, кто за меня просил? Я бы на твоём месте о своих собственных яйцах позаботилась бы. Отрежут ведь, как пить дать. Суди сам, можно наплевать на законы, но и по всем понятиям ты не прав. Сам прогнал меня на все четыре стороны, да ещё обобрал при этом, а теперь выёживаешься? Думаешь, одному человеку с большими звездами, не то, что я, такой твой выкрутас понравится? А я ведь могу ещё и Минкина подключить, задним числом подпишу с ним договор, отстежку при-лич-ную тебе тогда придётся сделать. Что ещё? Журналюг местных на уши поставить? Как ты своё турне на Греции строишь, а сам бросил ей лишь несколько крошек с барского стола? Два вшивеньких дефиле, на большее пороху не хватило? А где благотворительность? Сунулся, так помоги народу, оказавшемуся в сложном положении. Спонсоров подключи, на жалость богатых соседушек продави. Что, не затем приехал, сливки хочешь снять и смотаться по-быстрому? Без порток останешься, Евгеньич. Кстати, я тут уже несколько снимков сделала, пусть мир высокой моды погадает, с чего бы вдруг такое светило разгуливает по своему номеру в гостинице в задрипанных, не первой свежести, семейных трусах. Бзик? Или пытается какую-нибудь новую коллекцию создать для бомжей всего мира?

Арнольд не ожидал такого отпора. Он явно меня недооценил.

– Ладно, – сказал он, наконец, сразу взяв

в нашем разговоре на полтона ниже, – говори, что хочешь? Но предупреждаю: денег больших не жди от меня, знаю прекрасно, что ты там строишь из себя бессребреницу.

– Опять за дуру меня держите, Арнольд Евгеньевич? – я уже не жалела о прерванном сне, развлечение того стоило, было просто отменным. – Под шантаж пытаетесь подвести? Засуньте-ка лучше свои вонючие деньги поглубже туда... откуда их достать собираетесь. А на будущее знайте: я уже давно одной прекрасной привычкой обзавелась – все важные разговоры на технику записывать, ну а ещё: тут рядом мой агент сидит и внимательно нашу беседу слушает. – Я развернула камеру в сторону уже примчавшегося Олкимоса, и тут же вернула её в исходное положение. – Так что вот вам моё предложение: расходимся по-хорошему – у вас своя свадьба, у меня своя. Да, не спорю, подгадали вы верно, мой первый контракт здесь, в Афинах, закончился, но что мешает мне следующий заключить?

Бекешин помолчал угрюмо, затем понял, что его игра проиграна:

– Хорошо, Анюта, будем считать, что в прошлый раз я поступил с тобой не лучшим образом, со всех сторон недооценил тебя. Сейчас предлагаю тебе вернуться в родной коллектив, чтобы на полную катушку насладиться Европушкой. Ну и договор, конечно. Заключим, как положено.

– О, это уже интересно, – оживилась я. – И что конкретно я буду иметь в таком варианте?

– Минимум работы, так как она вся уже распределена. Гонорар такой же, как у твоей незабвенной Оксаны. Всё без обид. В Москве в твою сторону ни гадостей, ни комплиментов, но и помощи тоже никакой, карабкаться будешь сама. По-моему, прекрасный вариант. Итак, твои соображения?

Я из вежливости сделала вид, что задумалась, хотя ответ у меня уже был наготове.

— Не знаю, надо посоветоваться с агентом…

— Ладно, давай сюда этого своего Эскимосика.

На месте Поцелуйчика я бы на веки вечные обиделась в ответ на такое пренебрежение к его имени, всё-таки южный человек, к тому же грек, но Олки был прежде всего человеком дела, всё остальное он безжалостно в сторону отметал.

Уже через десять минут основные условия были обговорены: четыре молодых статных парня, команду набирает сам Олкимос, договор только через него. Гонорар средненький, но по европейским расценкам, однако и комиссия агентству (в данном случае Арнольдику, без посредников) тоже европейская – 50%, а не 20, как в России принято. Самостоятельная, немного разнящаяся с основной, программа, и срок до окончания тура. О чём ещё можно было мечтать?

Ей-богу, не был бы Олки геем, мы на радостях тут же после переговоров завалились бы с ним в постель. Однако на самом деле, ни на какие «шалости» у нас с Поцелуйчиком совершенно не было времени. Олки тут же уселся в кресло с телефоном в руках и начал собирать команду. Я же пыталась хоть немного привести в порядок разгулявшиеся нервы.

Грубый тон, которым я разговаривала с Бекешиным, был лишь семечками, в последнее время я открыла в себе множество таких, самых разных, талантов, о которых раньше и не подозревала. При необходимости могла обложить какого-нибудь зарвавшегося наглеца любой этажности матом, специально проходила для этого курс у одного старичка-морячка. Много читала по различным темам, научилась разбираться в скульптуре, архитектуре, живописи, ходила по музеям, особый упор сделала на осваивании актёрского мастерства у одной знаменитой, но безнадёжно спившейся, актрисы. Танго, фламенко, сальса – я уже не была той безнадёжной коровой, как раньше. У меня вообще не было ни минуты свободного времени, особенно теперь, когда я неожиданно для себя сделалась столь популярной, и где, в самой Греции.

Обо мне писали газеты, я снималась для каталогов, участвовала в кулинарном шоу и рекламе на телевидении, выступала на подиуме, не гнушалась даже и топлесс – то есть, полуобнаженки. Олкимос буквально из воздуха творил мне заказы, но мы оба прекрасно сознавали, что всё это волшебство может в любой момент лопнуть, как мыльный пузырь. Я была и преподносилась именно, как «характерная», то есть модель нестандартной внешности. Неожиданно возник на такой образ спрос, она процветает, спрос сместился, и где потом модельку эту искать?

Ну и подоспел как раз такой определяющий момент. Нужно было подписывать новый контракт, с тем же или любым другим агентством. И тут я уже никак не могла согласиться на гроши, которые мне платили раньше. Ведь дело было не только во мне, но и в ребятах, которые со мной вместе работали. Большой гонорар – большие затраты на рекламу. Раньше всё было просто: те деньги, которые я должна была получать по, пусть даже самым минимальным, расценкам, но не получала, вкладывались в мою раскрутку. И это работало. Но по всем статьям было видно, что я выработала прежний ресурс, нужен был новый, более креативный, имидж, а значит, и гораздо большие деньги, чтобы он оказался удачным, запустился с полуоборота.

То есть, мы оба с Поцелуйчиком понимали, что на новую ступеньку мне никак не взобраться, так что звонок Арнольда оказался как нельзя более кстати. Что могло быть в моём положении более удачным, чем прокатиться на пике достигнутого успеха «галопом по Европам»?

Стоп! Я взяла блокнот, который лежал на журнальном столике перед Олкимосом, и ткнула в него пальцем, не сумев сдержать ярость:

– Что это?

Поцелуйчик улыбнулся мне самой обворожительной из своих улыбок:

– Как что? Команда, о которой ты говорила.

– Понятно, – прошипела я сквозь стиснутые зубы. – Вот только это не команда, а две пары гомосеков. И с этой идеей ты собрался покорять Европу?

С Олкимоса мигом слетел весь его показной лоск. Таким я его никогда раньше не видела. Но мне было в тот момент наплевать как на него самого, так и на его гордость. Я взяла шариковую ручку и перечеркнула два имени: Аэрос и Аргос так, что прорвала сразу несколько страниц.

Мы долго молчали, понимая, что любое неосторожное слово может буквально похоронить сейчас нашу дружбу, все наши планы, и очень сильно отразиться впоследствии на нашем, уже не общем, будущем.

— Я уговорил ребят, они отказались ради нас от всех своих проектов, — решился, наконец, заговорить Поцелуйчик, как можно мягче.

— Плевать. Твои проблемы, — не поддалась я его вкрадчивому тону. — Ты решал без меня. Думай дальше, если ещё не понял.

— Хорошо, — Олки снова взял в руки смартфон, затем отбросил его в сторону. — Я понял тебя. Мы должны ориентироваться не только на традиционную, но и на нетрадиционную публику. Я расстался с

Аэросом, пока грущу в одиночестве, так же, как и трое других ребят, которые поедут со мной. Иначе никто на нас ходить не будет.

– Это не всё, – решилась я высказать только что возникшую у меня, но не успевшую ещё созреть, мысль. – Вы берёте меня в свою команду, мы всё время будем держаться вместе. Не только на работе, но и на досуге тоже. Такой вот необычный состав. Пусть поломают головы, что нас объединяет? Может, мы собираемся возродить стиль «унисекс»? Тебя это не пугает?

Поцелуйчик задумался, он и в самом деле не лишён был деловой сметки.

– Да, принимается, – наконец, кивнул он головой. – Но нам надо будет постоянно что-то придумывать, работать больше головой, чем ногами.

– Наконец-то до тебя дошло! –

облегчённо вздохнула я. – Давай действуй, звони, извиняйся, уговаривай, ну а я спать пошла. У нас сегодня последний день съёмок, если ты не забыл: 30 «картинок» для каталога. Завтра мы уже будем в Италии. Главные центры моды в Европе, Милан и Париж, мы, слава богу, ещё не пропустили.

ГЛАВА 2

Уже через пять минут после того, как мы с ребятами приземлились в Мальпенсе, главном из трёх аэропортов Милана, я поняла всё безумие нашей затеи. Я смотрела, разинув рот, как одеты люди вокруг, ничего не понимала в смешении языков и наречий, даже мусороуборочные машины и те по своему дизайну казались мне прибывшими сюда, по меньшей мере, с Марса.

Нас встретил микроавтобус «Фиат» и довольно быстро домчал до гостиницы. По пути мы таращили глаза на множество магазинов, универсамов, бутиков, которые, казалось, заполнили собой весь город. Я быстро поняла, что и мои новые друзья, равно, как и сам Олкимос, не часто здесь бывали, если бывали вообще. Лишь Бекешин, который сам лично встретил нас у отеля, казался совершенно невозмутимым, чувствовал себя в своей стихии, пожимал руки, раскланивался, создавалось такое впечатление, что он знает здесь всех и вся.

Кроме меня, разумеется. Меня он просто в упор не замечал, зато с Олкимосом даже расцеловался.

– Как добрались, ребята?

Что за вопрос? Конечно же, хорошо.

– Ладно, отдыхайте пока, располагайтесь, прогон завтра, а вот с Олки нам нужно отдельно потолковать.

Я удивилась, как это он не назвал его, как в прошлый раз, Эскимосиком, но чувствовалось, что время шуток закончилось, и Арни был на самом деле далеко не так уверен в себе, как казался. Собственно, затея его, как ни странно, работала. Поперёк всех установленных годами сроков и правил, он устроил собственный, «греческий» тур, не ограничиваясь общепринятыми центрами моды, устраивая порой показы в таких городах, которые их отродясь не видели.

Модельеры и модели со всего света, большей частью никому не известные, то присоединялись к нему, то возвращались в свои привычные ниши и норы. В Милане ему удалось выбить только один показ, после которого мы тут же двумя автобусами должны были уехать во Флоренцию. Город тоже не простой, сравнительно недавно уступивший своему северному соотечественнику звание центра итальянской моды. Здесь нам и предстояло выложиться по полной программе.

Всё получилось так, как я и предполагала: меня не замечал никто вокруг, хотя и козни не строили. Договор мне принесла на подпись секретарша Бекешина, я его переправила к Олкимосу, напомнив лишний раз, что он теперь является моим агентом. Несомненно, меня ожидала та участь, которой я так боялась: «подай-принеси», то есть, на «язык» подиума меня вряд ли кто-нибудь собирался выпускать, хорошо, если бы позволили находиться хотя бы на «заднике». Но уже через полчаса всё изменилось, я стала замечать на себе заинтригованные, а по большей части, раздражённые, взгляды, и даже услышала в свой адрес, что-то вроде: «Тоже мне, гречанка!» Я улыбнулась: повезло, эффект сработал, мой статус был определён и изменить его уже было невозможно. Заодно поискала глазами Оксану и с трудом, но нашла её, однако совершенно не узнала. Моя подружка, обычно столь дерзкая и экспрессивная, старалась держаться незаметной, со мной сухо поздоровалась кивком головы.

Пора. Я тут же разыскала своих ребят, отныне мне предстояло не отходить от них ни на шаг, и даже спать в номерах по соседству. Поцелуйчик весело подмигнул мне и улыбнулся во все тридцать два зуба: мол, всё удалось. Я облегчённо вздохнула: мне больше не надо было заморачивать себе голову тем, в чём я совершенно не разбиралась. Конечно, я делала всё, что от меня требовалось: внимательно отсматривала работу «звёзд», обсуждала наши собственные выступления, собирала всё, что могла найти в Сетях и местных СМИ о нашем туре, иногда подавала свои идеи, но никогда на них не настаивала. Я чётко давала понять, кто среди нас главный, и Поцелуйчик моё поведение оценил по достоинству. Однажды мне всё-таки удалось нос к носу столкнуться с Оксаной, нам даже удалось с ней немного поговорить.

— Я не хочу отсюда уезжать, — мрачно выразила она мне свои чаяния. — Мечтаю найти какого-нибудь, пусть небогатого, старичка, выйти замуж, и навсегда забыть о том, что со мной было раньше. Как ты считаешь, это реально?

— Вполне, — ответила я. — Мы ведь с тобой уже и так две старые клячи, если и дальше пытаться порхать, смешно будем выглядеть. Остаётся надеяться, что тебе повезет.

Я, наконец, решила попробовать заняться той новой работой, которой вознаградила моё усердие Немальцына в Фонде, но совершенно не представляла себе, как к ней подступиться. Конечно, тем, кто жил здесь, в Европе, было куда легче: знание языков, обстановки, наличие свободного времени, какая-то наработанная система. Во всяком случае, архив мой постоянно обновлялся: поступали новые снимки, биографии, но в то же время и распоряжения изъять что-то из того, что приходило раньше. Что было с этими девчонками, я не знала, может, кому-то из них удалось вернуться в Россию, кого-то нашли зарезанной, задушенной.

Я не особенно надеялась на сайты в Интернете, с таким же успехом я могла бы рыскать по ним и в России. Но и не могла сама отправиться бродить по каким-нибудь злачным местам, тут же засветилась бы. Тем более что работа модели настолько изматывала, что у меня с трудом выкраивалось время на сон и приведение себя в порядок. В конце концов, я решила бросить это занятие. Ну, не войдёт Немальцына в моё положение, значит, не судьба.

Выручил меня, как ни странно, всё тот же Поцелучик, мой греческий ангел-хранитель. Однажды, когда мы сидели с ним рядом в автобусе, я вставила флешку в планшет, чтобы немного поработать, хорошо зная, что Олки – большой любитель поспать, но у него определённо был феноменальный нюх на деньги, поскольку, когда я полностью погрузилась в интересующий меня вопрос, отключившись от окружающего мира, то неожиданно услышала над самым своим ухом:

– Прости, Анюта, нескромный вопрос. Ты кого-нибудь ищешь здесь, в Европе? Сестру, подругу?

Я тут же перешла в другой файл и угрюмо замолчала. Олкимос был воспитанным мальчиком и, поняв, что он влез, куда его не просили, закрыл глаза и тут же опять погрузился в сон.

Сначала я расстроилась: надо же так нелепо засветиться! Потом, внимательно поразмыслив, поняла, что сам бог посылает мне свою помощь с неба. Вновь вернулась в тот же файл и принялась вносить свежие исправления в него.

Я не сомневалась, что Олкимос и не думал засыпать, а внимательно за моими манипуляциями наблюдает.

– Так кто же всё-таки? Подруга или сестра? – наконец, решился Поцелуйчик повторить свой вопрос.

– Ни то и ни другое, просто работа, – кисло улыбнулась я.

– Работа? – насторожился Олки. – Аня – ты агент Интерпола?

– Нет, конечно. Смешнее ты ничего не мог придумать?

– Тогда, может, детективное агентство?

– Нет, Олки, опять не угадал, – поспешила я разочаровать своего друга. – Я даже не офицер российской полиции. Всего лишь сотрудник Фонда Магдалины – Реабилитационного центра помощи девушкам и женщинам, ставших жертвами сексуального насилия. Иногда мы подключаемся к их поиску по всему миру по просьбе их родственников, близких. За деньги, естественно. Кстати, ты сам не хочешь заработать?

– А модельный бизнес что же,

прикрытие? — уклонился от ответа Поцелуйчик.

— Практически, да. Вообще, это очень длинная история. В данном случае мне необходимо было срочно на время уехать из России. А что, я совсем никудышняя? В смысле, модели из меня так и не получилось? Только честно. Можешь сказать?

— Да нет, — покачал головой Олкимос. — Как тебе объяснить? Мы ведь с тобой уже на эту тему говорили. Просто по тебе видно невооруженным взглядом, что ты тянешь лямку. Да, конечно, ты достаточно профессионально всё исполняешь, самая удачная черта твоя — артистизм, но это не твоё. Опытному взгляду подобное хорошо видно. Так кто же ты?

— Просто жертва, — я даже не поняла, зачем позволила себе такую откровенность.

– Проститутка? – вопрос был из разряда ошеломляющих.

– И что, если да? – с вызовом решила я идти до конца.

– Ничего, – покачал головой Олкимос. – У нас, в Греции, да и ещё в кое-каких странах Европы продажная любовь официально разрешена. Кстати, ты знаешь, как звучит официальный лозунг Всемирного конгресса проституток?

– А что, есть такой? – удивилась я.

– Ты имеешь в виду конгресс или лозунг? – лукаво уточнил Олки. – Стыдно профессионалке не знать такие вещи. Конечно, есть и то, и другое. А звучит очень смешно, ты не поверишь: «Хорошим девушкам рады на небесах, плохим девушкам – где угодно».

– Ну так что, – спросила я, внезапно посерьёзнев, – поможем бедным девчонкам?

Гонорар пополам. Наше дело найти и сообщить куда надо. Больше от нас ничего не требуется. Как ты, согласен? Но об этом должны знать только два человека: ты и я.

Поцелуйчик задумался.

— Аня, это разные вещи: проституция и сексуальное рабство. Ваша русская мафия плюёт на наши законы, её щупальцы раскинуты буквально по всему миру. То, что ты мне предлагаешь, очень опасное занятие. Мне запросто башку отвернут. А умирать не хочется. Тем более, таким молодым.

Я помолчала некоторое время, затем со вздохом покачала головой:

— Вот и мне тоже. Если бы не эти чертовы долги… Меня всё равно за них рано или поздно повесят.

Олкимос покачал головой:

— Я не понимаю, что у вас за правительство. Самых красивых девушек, цвет нации, под различными предлогами (альфонсы, брачные агентства, агентства по рекрутированию рабочей силы, просто похищают средь бела дня на улице, пичкают наркотиками) вывозят из страны и продают, как товар, в безраздельное пользование, когда это было, в каком веке? А вашим чинушам, полиции на это совершенно наплевать. Весь мир уже наводнён славянками-проститутками, и за свой «труд» они не получают ничего, кроме скверной еды, да ещё избивают их нещадно. Впрочем, кому я всё это рассказываю, ты гораздо лучше меня ориентируешься в своём вопросе.

– Ладно, проехали, – я вынула флешку и выключила планшет. – Считай, что ты полностью убедил меня.

ГЛАВА 3

Я внимательно разглядывала этого, неожиданно возникшего в моей жизни, человека. Типичный мент, скорее всего, бывший. Кстати, ничего обидного в этом прозвище нет, как и во многих других тоже. «Легавый» – было время, когда сотрудники уголовного розыска для маскировки и чтобы узнавать друг друга, носили нашивки с изображением легавой собаки. Слово «мусор», вроде бы, наиболее уничижительное, означало всего только работника МУСа – Московского уголовного сыска, впоследствии переименованного в МУР. Ну а столь популярное обозначение «мент» – «плащ», «накидка», вообще пришло в Россию через польский язык из венгерского. Такие вот метаморфозы. Комягин как-то, в минуту хорошего расположения духа, во много самых разных и совершенно не нужных мне подробностей меня посвятил.

– Что, не веришь мне? – спросил между тем «полисмен», «коп», «суперкоп», не знаю, как принято «их» теперь называть. Ничего не могу с собой поделать, Комягин ли тому виной, но как бы «их» или «нас» ни называли, «мы» и «они» для меня всегда будем по разные стороны баррикад.

– Просто не понимаю, о чём вы говорите? – холодно ответила я, решив, что раскрываться мне пока ещё рано.

– Понимаешь, всё ты, сучка, понимаешь, – злобно прошипел незнакомец, – я твою биографию перед отъездом достаточно хорошо изучил. – Ладно, я удалюсь на время, позвони своей начальнице, она тебе всё расскажет. Полчаса тебе хватит? Я там, внизу, в баре, подожду.

Мне не хотелось засвечивать сразу Немальцыну, лучше было ограничиться звонком Иннусе. Та сориентировалась моментально, сыграв роль посредницы.

– Да, осечка, – вздохнула Инна, позвонив мне сама через несколько минут, но, как видно, ещё не придумав, что делать дальше, как вытаскивать меня из неожиданной западни. – Действительно, отец, действительно, из бывших. По званию – майор, погнали… да там целый шлейф за ним. У нас с ним прокол вышел, деньги он заплатил, девчонку ты сама нашла, и очень быстро, помнишь? В Швейцарии, в Цюрихе, работала легально, с рабочей визой. Сидела в витрине, ну ещё подрабатывала в одном ночном клубе на шесте стриптизёршей. Собственно, не наш случай, он эти сведения мог бы легко и без нас получить, единственный нюанс – документы она оформила на фамилию матери, поэтому и вышел небольшой сбой. Мужик поехал в Швейцарию, чтобы привезти дочь обратно, но у той, как видно, не было никакого желания обратно в Россию возвращаться. В общем, она сбежала. Отец крутился там ужом несколько дней, но ничего не мог сделать, да и тараканов у него в голове без счёта, мужик совершенно неуправляемый. Нажал на Немальцыну, та сказала, что начнёт поиски заново, подключит опять свою лучшую сотрудницу, то есть, тебя. Выслала повторно в твой адрес все сведения, надеюсь, ты их уже получила? Но придурок этот ждать, сиднем сидеть, не захотел, выдавил из неё твои координаты. Так что думай сама, как с ним быть. Если станет совсем тяжко, подключим Егорку, тот все проблемы решит быстро. Но ты знаешь, как моего ненаглядного просить. Слишком дорого он ценит свои услуги.

— Ладно, — хмуро ответила я. — Постараюсь как-нибудь и без «твоего ненаглядного» выкрутиться.

— Вообще-то, очень сомневаюсь, вряд ли получится, — скептически ответила Иннуля. — Драпать тебе надо, подруга. Пора.

— Господи, как не вовремя, — с досадой ответила я, — у меня только стало всё налаживаться. Так хотелось с долгами расплатиться. Но, видно, и в самом деле не судьба.

Иннуся хмыкнула:

— Как знаешь, детка. Деньги — хорошо, конечно, но задница во всех случаях дороже,

— Что ж, ты, как всегда, права.

Что я ещё могла ответить. Времени хватило только на звонок Олкимосу:

— Я спалилась, — открытым текстом, чтобы не возникло недоразумений, поставила я в известность Поцелуйчика. – Руби все концы, никаких следов не должно оставаться.

– Понял, – спокойно ответил Олки, хотя какое, к чёрту, могло быть спокойствие? Во всех случаях мне целесообразно было принять удар на себя.

«Майор» не заставил себя долго ждать. Но времени мне всё равно вполне хватило, чтобы на руках у меня никакой информации не осталось, даже фотографий.

– Ну что, мой мандат проверен? – с презрительной гримасой ухмыльнулся «мент», «мусор», «легавый» в одном флаконе.

– Более чем, – холодно кивнула я.

– Самылкин, майор Самылкин, – мне протянули для знакомства потную ладонь с короткими, толстыми, как сосиски, пальцами.

– Бывший майор, – уточнила я. – К сожалению.

– Бывших майоров не бывает, – хмыкнул «Самылкин».

– Как и бывших ментов, – охотно подтвердила я.

– Ладно, не будем терять время, – Самылкин вовсе не расположен был к обмену любезностями. – Что тебе удалось узнать о моей дочери?

– У вас есть фотография? – спросила я.

Самылкин разозлился:

– А у тебя самой нет, сучка? Что, память ни с того, ни с сего вдруг отшибло? Сейчас мигом и планшет, и смартфон, все твои «игрушки» перетрясу.

– И всё-таки? – спокойно переспросила я.

– Понятно. Цену набиваешь? Ладно, – Самылкин достал бумажник из кармана и протянул мне фото девушки, ориентировку на которую я только что стёрла отовсюду.

– У нас она проходит, как Зернова. Ирина Зернова.

– Так звали её мать. Но она давно умерла.

– Да, да, припоминаю – шесть лет назад. А вообще-то, она Ирина Самылкина. Так я полагаю?

Майор разозлился.

– Слушай, ты, – вызверился он. – Может, хватит? В кошки-мышки со мной захотела поиграть? Я за тобой уже два дня наблюдаю, всех твоих гомосеков-информаторов вычислил. Хочешь, чтобы я из них сведения начал вытряхивать? Или бандитам их слил, с тобой заодно?

Я понимала, что нет смысла злить этого дуролома, но всё же не могла удержаться от сарказма:

– Но вы ведь уже созванивались со своей

крошкой, герр майор. Почему же в тот раз она от родного отца сбежала? Предпочла перейти на нелегальное положение тому, чтобы вернуться с вами. И что теперь? Её захватила мафия, она прибилась к очередному сутенёру? Её продали в какой-нибудь бордель, скорее всего, в Турцию или Боснию? Может, даже вообще убили? Во всяком случае, следов никаких. Но мы не теряем надежды.

Я ожидала, что собеседничек мой вновь взбрыкнёт, однако он почему-то обмяк, задумался.

— Сашей меня зовут, это я так, на всякий случай. Просто муж у неё был гад из гадов, я и завербовался на полгода в командировку. Втроём жить было невыносимо, хотел подзаработать немного, и угол потом где-нибудь поблизости снять. Ну а вернулся: ни квартиры, ни Ирины. Не знал я ничего, понимаешь? Был в таком месте, что не позавидуешь, а контракт есть контракт.

Я промолчала, затем всё-таки решила призвать «Сашу» к здравому смыслу:

— Майор, вы же адекватный человек. Мы найдём Ирину, вот только от вас помощи тут никакой не требуется, вы нам будете только мешать. Вы уже столько дров наломали, станете дальше продолжать? Секс-трафик, здесь всё повязано, решили войнушку собственную устроить? Тут не кино, всё на полном серьёзе. Кстати, не пробовали зятюшку своего отыскать?

Самылкин неохотно кивнул:

— Пробовал. Соседка сказала, что Ирина собиралась в Прагу на ПМЖ -постоянное место жительства. Вроде как у Гарика этого двойное гражданство. Ирина потому на него и клюнула. Но он пристроил её в Швейцарии, а сам куда-то смотался. С тех пор о нём ни слуху, ни духу.

– Понятно. Ну, Гарик этот, по всему чувствуется, обыкновенный сутенёр, доставил девочку до места назначения и впряг в работу. Может, сам бандит, может, просто на них работает. Его, конечно, вычислить можно, но что это нам даст? Ничего.

– Ну, это мы ещё посмотрим, – злобно прошипел «майор». – У меня с ним особый счёт, он за свои «подвиги» всё равно ответит.

Я промолчала.

– Ну, так ты точно ничего не знаешь? – Самылкин вновь вернулся к прежнему своему разъярённому состоянию.

– Точно, – кивнула я. – Вам бы там, в России, начать свои поиски. Здесь мы работаем преимущественно «методом тыка», наугад, иногда попадаем, набредаем, но далеко не всегда получается.

– В России я уже сделал всё, что мог, есть даже фотографии этого выродка. Кстати, ты не сможешь меня к вашей шайке-лейке пристроить? Каким-нибудь чернорабочим. Мне надо как-то легализоваться.

– Нет, – покачала я головой. – Вам нужно самому к Бекешину сходить, может, действительно, работёнка какая-нибудь для вас найдётся.

«Саша» откланялся.

– Я не прощаюсь, – с угрозой в голосе произнёс он.

Олкимос выглядел очень встревоженным.

– Что случилось, Анюта, мы нарвались всё-таки на русскую мафию? – Этот вопрос, по всей видимости, его больше всего интересовал.

– Хуже, – коротко ответила я.

– Хуже? Что может быть хуже? –

удивился Олки.

Он выслушал мой рассказ в полном молчании, но так до конца ничего и не понял.

– И что, с ним ничего нельзя сделать, – спросил он, наконец. – Как-то устранить? Ты подключала Москву?

– Да, – со вздохом кивнула я. – Приказ чёткий: замести все следы и нырнуть в тину.

Я, конечно, импровизировала. Реакции Немальцыной я пока не знала, но как бы она ни среагировала, подставляться дальше я не собиралась.

– А что с последними делами? – спросил Поцелуйчик.

Я усмехнулась. Дело с Олки и его друзьями, едва только мы начали работать, неожиданно пошло в гору, два десятка девчонок уже были отправлены назад в Россию, ещё почти столько же болтались в воздухе. То есть, на кону зависли неплохие деньги и судьбы конкретных людей. Колебалась я недолго:

— Завершаем то, что на последней стадии готовности, остальное в мусор. Ребята не подведут?

Олкимос помрачнел:

— Анюта, ты что, с Луны свалилась? Мы и русская мафия. Да сразу в штаны наложат. Я первый, кстати.

— Я не про мафию. Этот полоумный майор вас всех вычислил. Может нажать. Раскалываться не советую, носите диктофоны с собой и сразу звоните в полицию.

Олкимос задумался, затем тяжело вздохнул.

— Здесь не Греция. Кого подключать? Интерпол? Любой такой звонок сразу станет известным сутенёрам из секс-трафика. И хорошо, если это будут русские, а не албанцы или боснийцы. Как ты сказала, её зовут?

– Ирина Зернова. Она же Ирина Самылкина. Все данные у тебя уже есть.

Олкимос оживил в памяти смартфона то, что я ему уже скидывала, затем недоумевающее пожал плечами.

– Ничего не понимаю. В принципе, мы свою работу выполнили по высшему разряду. Да и дело было плёвое. Девчонка работала вполне легально. В Швейцарии у неё была виза.

Олки высветил фотографию на экране:

– Она?

Я кивнула:

– Да. Но фото сотри.

– Что мне теперь делать? – спросила я Иннусю. – Точнее, что начальство велело мне передать?

– Ничего. Пока всё должно идти, как и шло. Найдёшь эту придурочную – хорошо, не найдёшь, тоже ничего страшного. Но держи ухо востро. Кстати, хочу предложить тебе работу.

Я встрепенулась.

– Что-то новенькое. А конкретнее?

Иннуля довольно хохотнула.

– Поменяться местами. Я уже так прижилась на твоём, что мне совсем не хочется освобождать его. Собственно, у нас с твоей начальницей как раз и был такой уговор. Ну, за твоей спиной. Вроде как без тебя тебя замуж выдали. Ты не обижаешься, надеюсь?

Я хмыкнула, хотя настроение у меня сразу испортилось.

– Ну так как насчёт обмена? Команда, картотека, постоянная клиентура. Что-то можешь добавить, кого-то заменить, – тон у Иннули сразу изменился на серьёзный, деловой. Ты сама понимаешь, мне нельзя, Егорка приказал сворачиваться. Да я и без него вижу: сочетать два таких рода деятельности невозможно. Мне в Фонде уже повышение предложили: работать со спонсорами. А это, не тебе объяснять, совсем другой коленкор. Но… как только, так сразу.

– Надо подумать, – задумчиво пробормотала я. – Для меня слова Инны были полной неожиданностью.

– Что ж, думай, – хмыкнула Иннуля, немного разочарованная. – Но думай быстрее, желающих выше головы. Крыша у тебя будет прежняя, надежней некуда. О чём тебе ещё можно мечтать?

– Ни о чём, – спокойно ответила я. – Я согласна. Ты что, хоть на минуту засомневалась в этом?

– Мало ли, – жёстко усмехнулась Инна. – Всякое в жизни бывает.

Отключив смартфон, я долго сидела, уставившись взглядом в противоположную стену. Было от чего призадуматься. «Работать со спонсорами», с какой стати? Темнит подруга. Она что, жена олигарха? Вхожа в высшее общество? Но какое мне дело? Стать бандершей? Всё лучше, чем девочкой по вызову. Вот только… как мне сейчас выкарабкаться? Могла ли Ирина устроиться на такое лакомое место сама? Швейцария, Цюрих, витрина, стриптиз. Нет, конечно. Значит, всё дело в Гарике. У него таких Ирин не меньше десятка, работает самостоятельно, всем, кому положено, отстёжку делает. Неожиданно приехал «майор», произошёл скандал. Гарик либо переправил Ирину в другое место, либо продал в сексуальное рабство. И где теперь её искать? Пусть сам придурочный папочка и ищет? В незнакомых условиях, не зная языка?

Какие ещё могут быть варианты? Если разорвать модельный контракт, грекам я как-то смогу своё поведение объяснить, в конце концов, не я одна под боем, а вот Бекешин юмора не поймёт. Неустойка будет такая, что мне несколько лет за неё потом не расплатиться. Не говоря уже о тех долгах, что уже висят на моей цыплячьей шее. Иннусино наследство? Но откуда мне знать, в каком конкретно состоянии находятся её дела? Подруга подругой, а бизнес бизнесом. Но, опять же, даже если всё в идеальном порядке, справлюсь ли я?

IV. «ЗДРАВСТВУЙ, ДЯДЯ ИНТЕРПОЛ!»

ГЛАВА 1

У меня не было никакого сожаления по поводу того, что прерывался мой «европейский галоп», и мне предстояло вернуться в Россию. Предложение Инны только на первый взгляд выглядело абсурдным, на самом деле, оно не просто давало мне работу, а ещё и резко повышало мой статус. Так что вопрос «что делать?» даже не обсуждался, но вот как лучше обставить моё позорное бегство, тут надо было хорошенько подумать.

Прежде всего, я предавала ребят. Что они могли теперь предпринять? Вернуться обратно в Грецию? Попытаться найти мне замену? Поменять программу?

Ну и, конечно, я нарывалась уже не просто на конфликт, а на окончательный разрыв с Бекешиным. Как Арнольд ни морщился всякий раз при виде меня, он вынужден был признать тот факт, что каким-то непонятным образом мы органично вписались в общую программу: не перетягивая одеяло на себя, и в то же время, занимая нишу, которую нечем было бы, в случае нашего ухода, заменить. Конечно, Арни не упустил бы возможности отомстить мне. И за то, что я так подводила его сейчас, и за все прочие мои дерзости, и уж тут внесение в чёрный список на веки вечные было не самым страшным, что он мог изобрести.

Хотя с другой стороны...

Каким ещё образом я могла уберечь того же Олкимоса от гнева русской секс-мафии?

Весь наш маленький коллектив от

скандала, который неминуемо должен был последовать со стороны больного на всю голову майора Самылкина?

Его дочь от гибели, либо скатывания на самое дно сексуального трафикинга?

Завтра. Желательно рано утром.

Билет закажу по Интернету. Затем хорошенько высплюсь.

Олкимосу, и только ему, позвоню уже из аэропорта.

Но не суждено было. Уже в холле гостиницы я увидела зарёванную, не накрашенную, одетую в какую-то рвань Ирину, понятия не имею, каким чудом в таком виде я узнала её. Мы обменялись быстрыми взглядами, поняв друг друга без слов. Уже через пять минут Ирина была в моём номере, и первым делом попросилась в душ. Затем, надев мой гостиничный банный халат и тапочки, она уселась в кресло.

– Есть хочу, – попросила Зернова-Самылкина жалобно.

Я прикинула, смогу ли я выделить ей что-нибудь из своего гардероба при наличии столь явно выраженной разницы в комплекции наших фигур, и покачала головой:

– Если только нырнуть в какую-нибудь кафешку поблизости. В здешний ресторан тебя точно не пустят. Пойду загляну в номера к ребятам, может, у них какая-нибудь одежонка тебе подойдёт. Ты откуда вообще в таком виде, и как оказалась в Антверпене?

Ирина вздохнула:

– Я звонила Олкимосу, он дал мне твои координаты. Ну тот парень, который разыскал меня в Цюрихе и сказал, что меня ищет отец. Тогда мы расстались вполне довольные друг другом, он только попросил в общих чертах обрисовать, как мне живётся, ну а когда понял, что я ни на что не жалуюсь, да и вообще в шоколаде, оставил мне свой телефон и уехал с сознанием выполненного долга.

– Стоп, – прервала я её, – голодное брюхо к разговорам глухо, и, собственно, чего мы заморачиваемся, когда можно заказать еду в номер? Звони сама по телефону, возьми, что хочешь. Я так поздно уже не ем, такая профессия, фигуру нужно беречь, так что мне если только какой-нибудь салатик. Ещё минералку без газа. Ну а я пока тоже душ приму. Официант во всех случаях не должен тебя видеть. Так что договариваемся заранее: как только он появится, спрячешься на время в спальне, либо в туалете.

Ирина кивнула и поплелась к телефону.

Через четверть часа она уже уплетала карбонад по-фламандски, причём так, что за ушами трещало, ну а я, наконец, пришла в себя после напряжённого трудового дня и смогла немного сосредоточиться.

— Ты сбежала сразу, как только отец тебе позвонил?

— Нет, сначала уладила все формальности, а вот решение приняла в мгновение ока, прекрасно зная характер своего папаши. Эта сволочь обычно много времени на раздумья не тратит, предпочитает действовать. С администрацией никаких вопросов не было, Гарик договорился обо всём моментально, но, тоже имея представление о реактивности моего отца, сразу сказал, что ничем не может мне помочь. Даже переправлять меня куда-нибудь бессмысленно, Интерпол, если захочет, из-под земли мою задницу достанет, а у него всё легально, неприятности ему совсем ни к чему.

— Гарик — твой сутенёр? — поинтересовалась я. — Как же ты повелась, что, интересно, тебе пообещали? Работу горничной в Ирландии? Или медсестры в голландском хосписе?

Ирина покачала головой.

— Нет, Гарик – не дурак, он никого не обманывает. Работа только проституткой, исключительно легально, но требования и к внешним данным, и к профессиональной подготовке предъявляет очень высокие.

— Он, действительно, гражданин Чехии?

— Да, он там обосновался прочно, давно уже. У него хороший особняк недалеко от Праги, безупречная репутация, свой бизнес: модельное агентство, ресторан со стриптизом, много чего. Мы пожили там три дня, потом отправились в Швейцарию, в Цюрихе я подписала контракт и попала в витрину. Была на неплохом счету у хозяев, хотя конкуренция очень сильная среди «нашей сестры». Но дело даже не в заработке, мне оставалось всего полтора года до того, как получить ПМЖ, а в отдалённом будущем светила неплохая, по нашим меркам, пенсия. Отстёжки делала только Гарику, но он надёжно меня прикрывал. Вообще, и жизнь, и работа порой доставали меня своей монотонностью. Бывают дурёхи, которые надеются таким образом найти себе приличного мужа, или купить домик в каком-нибудь маленьком городке. У меня подобных иллюзий не было, я просто тянула лямку, чтобы накопить деньжат и вернуться потом в Россию. Естественно, держаться впредь и до конца дней своих подальше от своего отца. От него я, собственно, и уехала.

— Да, — усмехнулась я, — нелегко тебе, наверное, с твоим папулей? Я тут недавно имела честь не только лицезреть его, но даже и хорошенько с ним поцапаться.

– Не то слово, – на глазах у Ирины появились слезы. – До смерти матери у нас была нормальная семья. Конечно, и скандалы, и побои бывали, но я для папеньки была принцессой, меня он не трогал и не обижал. Когда лейкемия буквально сожрала мою мать в считанные месяцы, всё резко изменилось. Отец превратился в деспота, контролировал каждый мой шаг. У меня не то, что милого дружка много лет не было, но даже ни одной подружки. Прессинг был такой, что я совершенно отупела, школу закончила с грехом пополам, об институте и мечтать не приходилось. Потом встретила Гарика, сильно увлеклась им, что немудрено после стольких лет затворничества, мы тайно поженились, после нескольких приводов в полицию, отцу ничего не осталось, как с этим примириться. В конце концов, он завербовался на Северный Кавказ по контракту, ну мы и сбежали с Игорьком.

Я задумалась.

— И что теперь?

— От меня все отвернулись. Кроме русской мафии, конечно, те сразу на крючок бесхозную девочку поддели, чего добру пропадать? Перепродали боснийцам, мне удалось улизнуть от них, но долго я не пробегаю. В нашем бизнесе нет подруг, одни конкурентки, они как раз меня русским и сдали, вычислят и теперь.

Я долго колебалась, потом решилась:

— Паспорт, как я понимаю, у тебя отобрали?

Ирина усмехнулась:

— Ну, я не совсем дурёха, слава богу. Один, конечно, в залог пошёл…

— …тот, что на Ирину Зернову, — моментально догадалась я. — А вот тот, что на Ирину Самылкину…

– Уцелел, слава богу!

Ну, раз уцелел.

– Я завтра улетаю в Москву. Хочешь со
мной? Не грусти, защитим мы тебя как-
нибудь от твоего папульки, да и с работой
проблем не будет. Подберём что-нибудь.
Деньги-то у тебя хоть есть?

– Что-то уберегла. Не всё, конечно, –
Ирина, наконец, ожила, – но на билет до
Москвы хватит.

У меня возникли последние сомнения:
совсем я сдурела – во что ввязываюсь? Но я
прогнала их, решительно тряхнув головой:

– Тогда давай билеты заказывать.

Но к Интернету я не успела
подключиться. В номер ворвалась полиция,
позади вооруженных до зубов бельгийских
«копов» я увидела лоснящееся от

удовольствия лицо майора Самылкина.

– У тебя только один шанс, – успела я тихо шепнуть Ирине, – утверждай, что сразу после смерти матери ты постоянно подвергалась сексуальному насилию со стороны отца, оттого и сбежала. Доказать, за давностью лет, ничего невозможно будет, так что он отделается легким испугом. Но впредь это хоть немного его приструнит. А если свяжешься со мной в Москве, я в такую программу защиты тебя включу, что он вообще шёлковым станет.

ГЛАВА 2

Наша полиция – просто хамы, за рубежом, в любой стране, местные «копы» ведут себя с проштрафившимися русскими, словно боги, спустившиеся с небес.

Обязательно продемонстрируют вам с гордостью свою «пушку», как будто нас, пуганных и перепуганных, можно каким-то жалким пистолетиком удивить.

Постараются хотя бы час продержать вас в заточении, любой вариант которого с нашим знаменитым российским «обезьянником» ни в какое сравнение не идёт.

Ну и, конечно, психологический прессинг – допрос с пристрастием, порой с применением всякого рода современной, накрученной техники. Так и хочется им после этого сказать: ребята, кого вы там так усердно снимаете, исследуете, записываете? Себя? Любая ваша техника в данном случае работает против вас, а нас только успокаивает. Уверенность в том, что тебя не будут лупить дубинкой по почкам, каким-нибудь увесистым телефонным справочником по башке, молотить кулачищами по прессу, как по боксёрской груше, сразу настраивает на лирический лад.

Первое недоумение – я отказалась от «звонка другу». А что мне ещё оставалось делать? Конечно, если бы я позвонила Арнольду, тут же примчался бы адвокат нашей модельной «банды», и уже через полчаса я оказалась бы на свободе, однако раскрывать Бекешину свою «работу по совместительству» у меня никакого желания не было.

Засветить Олкимоса? Кому это было нужно? Я рассудила, что меня всё равно будут искать, сама же полиция, к примеру, ну и найдут, соответственно.

Однако и невинной овечкой прикидываться у меня никакого желания не было. Тем более что мсьё Самылкин расстарался на полную катушку, выдал меня с потрохами и всеми моими «явочными» телефонами в Москве. Мне ничего не оставалось, как только подтвердить всё, сказанное моим «лучшим другом», а офицеру, который меня допрашивал, передать мою грешную до черноты душу и хилое костлявое тельце агенту Интерпола, который с самого начала присутствовал при моём допросе, читая газету и выражая всем своим видом вроде как полное равнодушие к его содержанию.

Так что уже через пару часов я сидела в уютном кафе с агентом бельгийского НЦБ (Национальное Центральное Бюро) Интерпола Матсом Мертенсом (не ручаюсь, что имя подлинное, во всяком случае, так он представился), и это было для меня, как отпустить рыбку обратно в воду. Что они могли мне предъявить, конкретно, в полиции? То, что я занималась несанкционированными действиями на территории другого государства? В ответ я по памяти процитировала с десяток запросов, которые мы посылали, а в ответ получали лишь формальные отписки. Затем рассказала о том, что некоторые девчонки, с которыми я беседовала в РЦ, сообщали мне вполне конкретные имена и звания некоторых офицеров самых разных стран, которые закрывали глаза на то, как с ними поступали, взамен не оплачивая сексуальные услуги, которые они получали в местных подпольных борделях. Кстати, я была готова назвать и адреса этих заведений, вполне логично рассчитывая на то, что вряд ли они с тех пор закрылись или собираются закрыться. Кому захотелось бы после этого со мной связываться? А вот для Интерпола подобная информация была на вес золота.

Так что мы очень быстро договорились с

мсьё Мертенсом во сколько минут, записанной на диктофон информации, он оценивает мою свободу. Я даже удивилась своей осведомлённости, во всяком случае, у меня нашлось вполне достаточно в памяти, чем моего доблестного Матсика можно было удивить.

С тем мы и расстались. Я даже успела в срок на работу. Хотя не обольщалась, конечно: попасть к Интерполу на крючок – сомнительное достижение. И не отмыться теперь вовек, сроков давности здесь не бывает. Даже если ты просто слила им какую-нибудь разовую информацию. Таких «полезных» людей они из своего поля зрения никогда больше не выпускают.

ГЛАВА 3

Я лежала на давно не стиранном одеяле и разглядывала серый, покрытый трещинами, потолок. Еще один, очередной, Бухенвальд. Не многовато ли? Что же мне так везёт-то в последнее время? Вся комната была плотно заставлена такими же, как у меня, кроватями, постельное белье на них было явно не первой свежести, то есть, ничем не лучше того памятного, больничного. Девушки-красавицы из самых разных стран Восточной Европы и СНГ. В других комнатах, как видно, было приблизительно то же самое. Столько я выслушала рассказов за время своей работы в РЦ о подобных заведениях, что моё нахождение здесь казалось мне сейчас вполне закономерным и естественным исходом. Никакой паники я не испытывала, но зато и мысли текли сонно, неторопливо, а нужно было хоть как-то сориентироваться.

Где я? На окнах не было решёток, но камеры видеонаблюдения фиксировали буквально каждый наш шаг. Какое-то, пришедшее в полный упадок, фермерское хозяйство (я уже осмотрелась вокруг), несколько, то ли румын, то ли молдаван (ну не цыган же!) создавали видимость выполнения каких-то ремонтных работ. Конечно, охрана, мордовороты с типично «славянской внешностью». Значит, я у «своих». Тоже радости мало, но, по крайней мере, не у албанцев, и не у боснийцев.

Так всё-таки, где я? Если учесть по времени, что меня похитили сразу, как только я отработала очередной показ, далеко увезти меня не могли, вряд ли даже за пределы Бельгии.

Меня никто не бил, вообще не обращали внимания, и это внушало надежду. «Не суетись под автобусом» – те, которые суетились, наверняка были где-нибудь в другом месте, не исключено, что и в подвале. Избитые или обколотые, сломленные или пока ещё кипящие возмущением.

Первый отбор. Когда паспорт уже уплыл в неизвестном направлении, но ещё остаются надежды, что произошло какое-то недоразумение, и сейчас их рассортируют, отправят на курсы или непосредственно на рабочие места горничных, уборщиц и даже гувернанток. В нашей комнате были самые осторожные, спокойные, неглупые, кто-то тихо плакал в подушку, кто-то самостоятельно размышлял над тем, что произошло, кто-то в стайках делился друг с другом информацией. Были и профессионалки, которые сами рвались работать в местных борделях, и посматривали сейчас на суетящуюся «молодь» свысока. Они ещё не знали, что их ожидало.

Состав наш то и дело менялся, одних уводили, других приводили. К новеньким тотчас подбегал кто-нибудь из любопытствующих. Я, уже в первые минуты своего пребывания здесь, подобные попытки пресекла одним только словом: «Отвали!» У меня не было никакого желания вмешиваться в чужую игру, да ещё под объективами четырёх перекрёстных видеокамер. Точно так же я отшила и одну из профессионалок, которая каким-то образом разглядела во мне родственную душу.

Наконец, мне надоело смотреть в потолок, захотелось элементарно умыться, привести себя в порядок. Я беспрепятственно прошлась по коридору, и даже заняла очередь в душ. Те же камеры по всему периметру, я не принимала участие в общих разговорах, но по всему чувствовалось, что прибыло свежее пополнение: такую наивность в возмущениях и рассуждениях я давно не встречала.

Камеры в душе. И не для того, чтобы поржать лишний раз охранникам, всё для той же сортировки. К сожалению, у меня даже полотенца не было, не говоря уже о пасте и зубной щётке. Тем, что лежало, замызганное, на краю раковины, воспользоваться я побрезговала.

В конце концов, пришли и за мной. Дюжий охранник проводил меня на третий этаж, впихнул в один из кабинетов. За столом сидела типично бандитская харя, и, что уж совсем умора, с беджиком на груди.

Петрик, а именно так там было написано (наверное, точно молдаванин), полистал странички в планшете, без труда нашёл там данные обо мне, и спросил:

– Ну и как вам тут, у нас, Анна Леонидовна?

– Хорошо, – спокойно ответила я. – Не понимаю только, с какой стати я здесь очутилась?

– О, это просто, – оскалил прокуренные, гнилые зубы Петрик.

Он развернул планшет в мою сторону, и я увидела себя, беседующей с Матсиком в кафе. Не только увидела, но и услышала.

Господи, чем они меня хотели удивить?

– Ну и что? – холодно спросила я. – Вы узнали о себе что-нибудь новое? Да об этом в любой газете прочитать можно.

Парень усмехнулся.

– Ты на что рассчитывала, дура? Что тебя

здесь никто не тронет? У нас везде свои люди, мы отслеживали каждый твой чих, каждый вздох. Работать так нагло буквально у нас под носом, ты вообще, в своём уме? Конечно, не мне о тебе решения принимать, но ты уже в трафике, а из него вырваться мало кому удавалось.

— Что ж, в траффикинге, так в траффикинге, — мрачно вздохнула я. — От судьбы не уйдёшь. Куда меня теперь?

«Петрик» если не обрадовался, то, по меньшей мере, удивился моей уступчивости. Но виду не подал.

— Приятно разговаривать с профессионалкой, — пробормотал он себе под нос. — От меня, конечно, не всё зависит, я могу только рекомендовать. Ну, если исходить из твоей биографии, на дрессировочный полигон тебя отправлять нет смысла, сама кого и чему хочешь, можешь научить. Рынки, пожалуй, тоже отпадают. Чернозадым продать – дорого не дадут, а какой тогда смысл? В порнографию – вряд ли получится, слишком лицо твоё примелькалось, может на след навести. Так что остаётся либо штучно какому-нибудь любителю клубнички впарить, либо, поскольку ты знаешь три языка, оставить тебя здесь, в Европушке, в каком-нибудь из местных подпольных борделей. Наверное, это всё, что мы можем тебе предложить.

– Что ж, и на том спасибо, – пожала плечами я. – Если можно, у меня только один вопрос, чисто из любопытства. Что стало с Ириной?

– С Ириной? – удивился «Петрик». – А что с ней могло быть другое? Отдали обратно боснийцам. Обошлось без неустоек, сами виноваты, рот не надо было разевать. Мы им няньки, что ли?

– Ну а отец?

– Отец? Ищем. Да он, наверное, давно в Москву умотал.

– Зря вы так, – покачала головой я. – Никуда он не уматывал. Он ещё проявит себя. Как бы вам не пожалеть, жадность, как известно, губит. Отдали бы лучше пару других девчонок взамен, и разошлись с миром.

Петрик вызверился. Вся его показная любезность мигом куда-то улетела.

– Ты чего выпендриваешься? Какое твоё собачье дело? Я тебе сейчас такое устрою, забудешь, каким местом советы давать. Как я вижу, ты хорошего обращения не понимаешь?

– Как раз наоборот, – всё так же спокойно ответила я. – Вы ко мне с добром, и я к вам. При таком вашем сочувствии к моей дальнейшей судьбе не хотелось выглядеть неблагодарной.

ГЛАВА 4

Дёрнул меня опять чёрт за язык. Любезность «Петрика» нисколько меня не обманула. Скорее, насторожила. Если совсем недавно я ещё надеялась, что меня чуть-чуть попугают и отпустят: всё-таки, модель, совсем недавно встречалась с агентом Интерпола, то сейчас я вдруг поняла, что наглости этих дебилов нет предела. Единственным выходом для меня было сбежать, и как можно скорее. Самое главное – паспорт мой был в гостинице, греки, хоть и трусы, каких мало, вряд ли допустят, чтобы он оказался в руках бандитов.

Я засветилась в полиции. Вроде как оказала им услугу. Вряд ли они вышвырнут меня вон, когда я вновь появлюсь у них на пороге и помощи попрошу. А вот бандюганам я докажу, что не стоило им со мной связываться. Я знала слишком много подпольных борделей даже в Антверпене, путей переброски «живого товара» по тропам контрабандистов, и, если подключить нидерландский «Фонд против торговли женщинами» и местную прессу, продажным полицаям поневоле придётся проявить бдительность, и хоть что-то из этих гнилых точек закрыть.

Бежать? Ха-ха! Но как именно? Проще сказать, чем сделать. Как поётся в известной песенке: «Мать моя, кончай рыдать, давай думать и гадать...». Да, Аня, поднапряги мозги. «Куда пошлют меня работать за бесплатно?»

Только сейчас до меня дошло, в какое

положение я попала.

«Главное – знать: как бы ни запугивали, ни ломали, поддакивать, на всё соглашаться, не сопротивляться, но при первом же удобном случае сбежать или просто позвонить в полицию: самой или уговорить клиента. И не дрейфить потом, когда мучителей накроют. Если повезёт, то за выступление свидетельницей на суде могут и вид на жительство дать, даже гражданство, во всех случаях, год, как минимум, можно будет прокантоваться в стране без особых проблем».

Так я сама ещё недавно наставляла своих «подопечных», на что некоторые из них лишь мрачно усмехались.

Современное сексуальное рабство – прежде всего политика, коррупция, и только затем криминал. Спрос рождает предложение, преступные деньги меняют законы, развращают любые виды власти, сметают всё: нравственность, мораль, совесть, даже элементарный здравый смысл, на своём пути. В этой ситуации речь может идти только о выживании. Причём не только отдельных людей, а целых стран и даже регионов.

Причины? Их не перечесть. Начнём с Интернета: порнографии в нём столько, что уклониться от неё совершенно невозможно. Куда бы ни привёл вас тот или иной поисковик, реклама, порноролик преследуют вас, как собака зайца. Да, да, не обольщайтесь, в Сети (на редкость точное название) на вас идет постоянная, целенаправленная охота.

Что дальше? Много чего. К примеру, мало кто знает, что регулярные просмотры порно для мужчины – самый короткий путь к импотенции.

Проституция. Наивные граждане полагают, что легализация проституции резко уменьшает число сексуальных насильников и маньяков, практика показывает обратное: их количество возрастает в геометрической прогрессии.

Ничего удивительного: отправляясь в бордель, не насильник и не маньяк, обыкновенный добропорядочный гражданин требует теперь от проституток таких «услуг», которые лет десять назад превосходили все возможности его воображения.

Ради бога, за большую плату, всё, что клиенту угодно. Обыкновенная проститутка вряд ли согласится, сексуальная рабыня обязана подчиниться, хотя прекрасно знает, что подобные «изыски» разрушают её здоровье хуже курения, наркотиков и алкоголя, вместе взятых.

Вот отчего, как и по многим другим причинам, обычных проституток даже в тех странах, в которых торговля женским телом разрешена, всё больше вытесняют сексуальные рабыни. Только их можно заставить «работать» без выходных и перерывов на «критические дни» по 12-16 часов в сутки, а за малейшую провинность и по 24 часа. Сколько лет такая девочка сможет продержаться? Год? Три? Пять? Да сколько угодно, пока из неё не выжмут все соки, а потом либо закопают, либо на родину отправят. Сколько болезней она привезёт потом с собой? И уж точно, рожать будет неспособна.

Понимая, что этот вал не остановить, богатые страны берегут своих женщин, закрывая глаза на «красавиц» из бедных регионов, которые из алчности или по глупости идут на подобное самоубийство. Но, по большому счету, это их не спасает: «букеты» болезней, полученных от восточноевропейских «красавиц», сначала косят мужчин, а затем и их жён, любовниц, то есть, обычных, вполне добропорядочных, женщин.

Безвизовый режим для россиян в Европу? Какой прогресс! Как «неохотно» вроде бы идут нам навстречу в этом вопросе! На самом деле, лишь алчно потирают руками в предвкушении сказочных прибылей, ведь приток наших отечественных сексуальных рабынь после этого резко возрастёт.

Что это? Геноцид? Нет, просто управляемое вырождение, загнивание целых государств, наций.

Однако что толку рассуждать о других, не лучше ли подумать о себе? Я снова влипла, уже в третий и, наверное, последний раз. Выдерживать по тысяче мужчин в месяц, как вам такое? Вот только не ухмыляйтесь и не морщитесь брезгливо, от такого варианта ни одна девушка или молодая женщина в нашей стране на сегодняшний день не застрахованы. Даже если у вас достаточно здравого смысла, чтобы не пойти на поводу у самого разного рода вербовщиков, «сказочных принцев» и прочих «кудесников-завлекателей», вас в любой момент, хоть с улицы, могут элементарно похитить, а через три дня (по закону!), когда доблестная российская полиция начнёт вас искать, вы будете уже далеко за пределами нашей славной Родины.

«Куда, куда меня пошлют?»…

Уроженок Питера отправляют обычно на север: Норвегия, Финляндия. Москвичек в Германию, Францию, Бельгию. Но, как говорится, не факт. Самое страшное: попасть в Израиль, Саудовскую Аравию, Эмираты, но особая песня: Сербия, Босния, Косово. Впрочем, даже и США, Канада – тоже не подарок.

За нами пришли ночью, погрузили в фургон, связали, заклеили рот скотчем. Я в этой копошащейся массе ничем не отличалась от других. Только сейчас в полной мере я осознала: последние мои надежды улетучились, как «сон в летнюю ночь», и началась новая, как я уже сказала, последняя, одиссея. Я даже удачное название для неё придумала: «Гетера на галерах».

ГЛАВА 5

– Профессионалки есть? – спросил

зашедший в нашу комнату, нагло ухмыляющийся детина. Сколько я их здесь, уродов этих, уже перевидала! Все накаченные, со зверскими рожами, постоянно потеющие, с неизменным запахом перегара изо рта. Как из инкубатора! Однако времени на раздумье у меня не было, и я первой подняла вверх руку. Моему примеру опасливо последовали ещё три девчонки.

Детина внимательно оглядел каждую из нас, и удовлетворённо кивнул:

– Хорошо.

Всё это время я следовала за его похотливым, ощупывающим взглядом, и мысленно с ним согласилась: самозванок среди нас не было.

Не дожидаясь приказа, мы сбились в сиротливую кучку в наиболее освещённом, уютном углу комнаты, бросили вещи на кровати.

Помещение было приблизительно такое же, как и в прошлый раз, постельное бельё ничем не лучше. Однако когда я выглянула в окно, меня ожидал сюрприз: я увидела солидный особняк тоже в три этажа с ухоженным парком вокруг, высокую ограду с колючей проволокой, но не поверху, как обычно, а на уровне не менее колючего, чем металл, кустарника. Не исключено, что через эту проволоку на ночь, или даже круглосуточно, пропускался электрический ток. Свирепые собаки и не менее устрашающего вида держиморды-охранники. Из разряда тех, о которых я уже говорила. Было от чего прийти в шок.

– Сабрина. Из Украины, – представилась одна из нашей четвёрки, хотя никто её об этом не просил.

«Хочет взять «вышку», – моментально

догадалась я, но даже не обернулась. Мне было смешно видеть, с каким высокомерием эти три «дивы» посматривали на остальных. Более уверенно даже, чем на «бельгийской ферме». Мне бы их грезы, которые скоро, очень скоро, превратятся в слезы! То, что нас выделили, ровным счетом ничего не значило для нас. Во всяком случае, хорошего. Я уже поняла, где мы находились — на испытательном полигоне. Страна? Раньше и гадать было нечего: сначала Сербия или другой какой-нибудь лоскуток бывшей Югославии, затем широко известный боснийский рынок Аризона, где можно было купить всё: овощи, тряпьё, контрабандные сигареты, а вдобавок ещё и нашу «сестру» в вечное владение. Сейчас косоварам пришлось даже переключиться на торговлю человеческими органами-запчастями. Сексуальных рабынь куда проще стало и обучать, и продавать прямо на месте, под надёжным прикрытием местных полицейских. Так что вряд ли мы куда-нибудь уезжали за пределы Центральной Европы. И тут, не дай Бог Германия, хорошо бы Швейцария, но опять же, какой кантон?

Как я уже упоминала, парламентское или правительственное лобби успешно преодолевают все барьеры: традиционная проституция даже в самых развитых странах стремительно отступает перед сексуальным рабством. Конечно, предварительно ему расчищают путь в законодательстве. И тут уловки самые разные: где-то можно отменить обязательную регистрацию проституток, вроде как в гуманных целях: права, права, права, а на самом деле для того, чтобы дать широкий доступ в страну нелегалок. Ещё большее иезуитство: отмена для лиц, занимающихся проституцией, подоходного налога, и вот уже налоговая служба, самая страшная для криминала, самая эффективная, успешно устранена.

Ну а дальше: «твори, выдумывай, пробуй», «девочек» гоняют из одного борделя в другой, из города в город, из страны в страну, благо границы внутри Европушки все открыты: чтобы искусно запутать, а порой, и замести, следы, причём не только места обитания, а, порой, и утилизации; оперативно менять быстро надоедающие клиентам составы; не дать девчонкам обзавестись постоянной клиентурой, что в обычной проституции как раз всячески поощряется, являясь основой процветания, как «жриц любви», так и самого заведения. А здесь... устойчивые связи слишком опасны, даже самое жестокое, очерствевшее сердце клиента может дрогнуть, и он вполне в состоянии, поддавшись эмоциям, донести о той или иной «малышке», по её просьбе, в полицию.

Сабрина! Хорошая кличка, вот только ума у «гарной дивчины» было явно маловато. Для меня не являлось секретом, для чего нас отсеяли. Обученная «девочка» во всех случаях стоила гораздо дороже, чем «сырой» материал. Прошли те времена, когда бандюганы с удовольствием и смаком насиловали «юных дев», обучая их «азам» профессии, и в таком сыром виде отправляли их дальше по этапу. Всё изменилось, когда пошёл вал, тогда обучение из удовольствия превратилось в работу, где оргазм порой симулировался с обеих сторон. Я не сомневалась в том, что все охранники не покидают ограды особняка, и активно, быть может, за дополнительную плату, участвуют в процессе.

Как он проходит? Да очень просто. Сначала бьют и насилуют, потом снова насилуют и бьют, и так до тех пор, пока «девочка» не сломается. Бывает, хоть и крайне редко, что не ломается до конца, печального конца. Как работают «утилизаторы» я не знаю, однако могу сказать с абсолютной уверенностью: не только Россия, Европа тоже с некоторого времени обильно унавожена останками молодых девичьих тел.

Второй этап: доводка. Бывают случаи, когда здесь подключают «мамок» или матёрых «девиц» со стажем.

Те обучают «неофиток» как завлекать клиента, раскручивать, возбуждать его; специфической «боевой раскраске», то есть, правилам продажного любовного макияжа;

особой, вызывающей, манере одеваться.

Сгоняют лишний вес, если нужно, или наоборот, раскармливают.

Сабрина. Два-три дня, не больше, дадут нам расслабиться. Как только количество, перешедшее в качество, достигнет критической массы: семь, восемь, десять человек, либо «купцы» сами приедут, либо нас отвезут на какой-нибудь подпольный «невольничий рынок». Ну а там элементарно, как рабочую скотину, продадут. Предсказать, «куда, куда» мы потом попадём, совершенно невозможно. Ну а заодно, за эти два-три дня дополнительная задача: нагнать на всех нас побольше страху.

Ад начался тут же, задержки не последовало. Девчонки стонали, плакали, валясь от стыда, ужаса и усталости на свои кровати после «занятий», им никто в этом не мешал. Бейся в истерике, кричи, хоть лопни, всё равно ни в Кремле, ни в Бундестаге, даже в местном, продажном до мозга костей, отделении полиции никто тебя не услышит.

Ах, Сабрины-Марины! Кому, как не мне было знать, что их дальше ожидает?

Сначала они будут настраиваться на побег и мечтать о том, как они вернутся на Родину и отомстят тем людям, которые обрекли их на подобное скотское существование.

Через какое-то время произойдёт отрезвление и придёт осознание того, насколько их мечты смешны и беспочвенны. Они неожиданно обнаружат себя внутри Системы, гибкой, сплочённой, безжалостной. Куда более сильной, чем государство, которое палец о палец не ударило, чтобы обеспечить их работой, более или менее сносным существованием в той глубинке, где их угораздило родиться, которому было наплевать, когда они уезжали в никуда, а ещё больше – где они после отъезда окажутся и суждено ли им вернуться обратно.

Что дальше? Обычно, в результате превосходящих всякие возможности воображения насилий, извращений, избиений, происходит самое страшное – человек теряет связь с собственной личностью. Он как бы отгораживается от себя настоящего, живёт только прошлым и будущим. Первым впоследствии исчезает будущее, затем прошлое кажется уже не своим, а принадлежащим какому-то совершенно другому человеку. Дальше возвращается настоящее, но уже в ином, замещённом, виде. Суженном до размеров борделя, в котором девушки-бедолаги обитают. Лица мужчин настолько перемешиваются, что «сабринянки» перестают их запоминать, их самосознание всё более скукоживается, доходя до самой элементарной физиологии.

Но если даже кому-нибудь из них удастся бежать, вернуться, что их на родине ожидает? В каком-нибудь маленьком городишке, из которого они с такой радостью вырвались? Пьяницы мать или отец, или оба сразу, и опять, как и до отъезда-приезда – никакой работы. Просто добавятся усмешки, презрение или даже прямые угрозы со стороны односельчан или соседей. Снова насилие, избиения, но теперь уже на собственной Родине. Да ещё постоянный страх, что их настигнет кара со стороны преступного синдиката, и даже такую, испоганенную, никчемную жизнь у них, в конце концов, отберут.

Конечно, всегда можно, как вариант, вернуться с шиком, купить на деньги мафии дом или квартиру, машину, хорошо приодеться. И рассказывать потом хвастливые сказки всем дурам на свете о необыкновенной заграничной жизни, местных принцах, которые не слишком-то жалуют своих абориген за их, усвоенный ещё с пеленок феминизм, а от русских девушек, покладистых, весёлых, верных, просто без ума. И вербовать, отсылать в тот кромешный ад, в котором они сами побывали, наивных и невинных овечек сотнями, тысячами.

Только сейчас я поняла: даже то немногое, что мы делали в своём Центре, по сути, обрекая недавних рабынь вновь на продажу своего тела, было счастьем, подарком судьбы для многих из этих несчастных, единственным выходом.

Надежда всё больше таяла и во мне самой. Во всяком случае, от моей прежней самоуверенности не осталось и следа. Конечно, я могла выторговать себе какие-то привилегии в обмен на предательство. Утешать окончательно сломленных, уговаривать сдаться, смириться тех, кто ещё сопротивлялся, передавать разговоры, любую информацию бандитам, да мало ли что ещё, лишь бы меня не продали албанцам, лишь бы не отправили в Израиль, Катар или Турцию.

В конце концов, произошло самое страшное: я поддалась общей панике, была на грани истерики, всё больше тонула в депрессии. Первое время я перебирала в памяти истории тех девчонок, которых мне здесь, в Европе, удалось вызволить. И что? Кто-нибудь собирался наградить меня за мои подвиги? Чествовать, как героиню, когда я вернусь (если вернусь) на свою распрекрасную Родину?

Лишь через некоторое время я собрала последние силы и постепенно начала приходить в себя. До этого я искала точки опоры, но никак их не находила, хотя они, конечно, у меня были. Первое – знание языков. Второе – паспорт, который мне, надеюсь, мои греки сохранили. Третье: телефоны, по которым практически в любой стране Евросоюза можно было за помощью обратиться. Я их помнила наизусть. Четвертое – Немальцына, не может быть, чтобы я была первым провалом в её практике. И что же, она вот так, запросто, способна отдать меня на растерзание?

Сабрине «повезло». Когда нас выстроили вдоль стены в какой-то комнатушке, я поняла, что торг начался. Выбрали только одну девушку, «гарну дивчину», которая буквально светилась от счастья, поглядывая на нас свысока.

Дура. Что её могло ожидать теперь? Потешится тот жирный боров, что выложил свои «еврики», на полную катушку с ней, затем перепродаст с большой выгодой. Хороший бизнес! Особенно в кризис. Доступен практически каждому. Даже самые бедные могут устроить складчину, взять деньги в долг, и через какое-то время их возвратить, даже с прибылью.

Если это маньяк, то он может сделать с ней что угодно, и где угодно «утилизировать», искать потом будет просто некого, да и незачем.

Здоровье отменное? Прекрасно, значит, тело можно будет продать, опять же, предварительно изрядно натешившись им, уже не оптом, а в розницу, по частям, на органы.

Или какой-нибудь ещё более длинный, извилистый путь, который закончится в итоге всё тем же грязным подпольным борделем.

Но, собственно, с любой из нас то же самое могло произойти.

В первую партию меня, почему-то, не включили. Во второй передышка закончилась, погрузили в фургон вместе с остальными. Настроение у «сабринянок» было подавленное, я тоже молчала. Все эти дни я пыталась докопаться до сути: где я совершила прокол? Но как ни просеивала ситуацию, в осадок выпадал только злополучный майор Самылкин, других вариантов не высвечивалось. Как раз тот Его Величество Случай, который предусмотреть невозможно.

Но и на месте меня не пустили с остальными, отделили, затем повели в какой-то кабинет. Парень, который там сидел, разительно отличался от тех дебилов, с которыми я до сих пор имела дело. Прекрасно одетый, воспитанный, приветливый. Красивый блондинчик, ну просто вылитый Сергей Есенин. Несомненно, знал несколько языков. Он долго внимательно меня разглядывал, и только потом предложил сесть.

Ехали мы недолго по русским меркам: километров сто, сто пятьдесят, но мне мучительно хотелось пить. «Сережа» моментально догадался об этом, достал бутылку минералки без газа из холодильника, поставил её на стол рядом со стоявшей наготове стопкой одноразовых стаканчиков. Меня подобная предупредительность отнюдь не порадовала. Противник ожидался не простой, явно мне не по силам.

– Олег, – представился парень, как только я немного утолила жажду. – Не возражаешь, если мы перейдем сразу на «ты»?

– Нет, конечно, – охотно поддержала разговор я. – Аня.

– Да, Анна Леонидовна Леднёва, – кивнул Олег и кинул на стол несколько газет с моей фотографией на первой полосе.

У меня аж захолонуло на сердце. «Греки, – моментально догадалась я. – Не струсили всё-таки, ринулись на мою защиту».

– Да, да, ты не ошиблась, пидоры твои, они самые, – холодно кивнул Олег. – Они первыми шумиху подняли, ну а потом и «Ангел», и «Фонд Магдалины» твой, и голландцы с их «Фондом против торговли женщинами» подключились. Так что же нам с тобой делать, Аннушка? Какая-никакая, моделька всё-таки, никак они, сволочи-журналюги эти проклятые, разнесчастную Светку Котову не могут забыть. Но если бы только моделька... мы бы не посмотрели. Однако – невероятный в нашей практике случай, надавили на нас какие-то люди из Москвы, тёрки начались непонятные. И из-за кого, собственно? Из-за дешёвой проституточки! Не было у нас такого, мамой клянусь, никогда не было! Слушай, предлагаю нам сэкономить время друг другу, оно, как известно, дорого. Кого знаешь, конкретно? Так, пару-троечку имён навскидку.

– Нет ничего проще, – спокойно ответила я. – Мистер, Короткий, Люпен. Достаточно будет?

Олег, при всём его умении владеть собой, не выдержал, вздрогнул. Я поняла, что стрельнув вот так, наугад, пробила основательную брешь в его обороне. Это было всё равно, как выиграть джек-пот, совершенно невероятный вариант.

– Люпен? Ты знаешь Люпена? Как он выглядит?

– О «людях» не говорят, – ответила я коронной фразой, которая не раз меня выручала, даже спасала жизнь. И застыла, как изваяние. Соответственно, как ни пытался дальше Олег проникнуть сквозь эту глухую защиту, ничего у него не получалось.

«Людьми» называют только авторитетов, о них не принято особо распространяться всяческой, вроде меня, мелкоте, достаточно лишь один раз назвать кличку, либо погонялово (разница: сидел, не сидел). Конечно, если уличат, что блефуешь, по крупному придётся потом за «базар» отвечать. Но в моём положении выбирать не приходилось. Я рискнула, как рисковала всегда, хоть и не всегда выигрывала.

Олег на какое-то время задумался. По тому, как неожиданно, стремительно (буквально, с места в карьер) начал развиваться наш разговор, я поняла, что вопрос обо мне и моей дальнейшей судьбе уже обсуждался, может быть, даже не один раз, однако информация, «херувимчиком» сейчас полученная, многое могла изменить в, казалось, принятых уже решениях.

– Ладно, – Олег поморщился, что ему явно не шло при его смазливом личике, – посиди здесь, я мигом обернусь.

Ясно, пошёл к начальству. Позвонить или переговорить? Лучше бы, сначала пошептаться, а затем наверх доложить. Я сидела спокойно, и ничего не загадывала: в моём положении терять было особо нечего. Ну как тому «пролетариату» с его «цепями».

«А обрести он может весь мир». Мне столько не надо было, вполне хватило бы и маленького кусочка, буквально, крошки с барского стола.

Херувимчик пришёл лишь через час, и сразу объявил мне решение:

– Ладно, «там», наверху, – он указал пальцем в потолок, – решили тебя отпустить. Но правила ты знаешь: рот на замке о том, что видела; сведёшь к минимуму контакты с прессой; греков успокоишь, домой отправишь, ну и сама сразу потом обратно в Москву. В Европе чтобы больше не появлялась, предупреждать не станем, сразу албанцам продадим. Кстати, ты оказалась права насчёт своего отмороженного майора, этот придурок не придумал ничего лучшего, как заявиться к боснийцам, перестрелять всю охрану борделя, в котором его дочь находилась, и преспокойненько увезти её домой. Вот только он ещё пожалеет о том, что так сделал, боснийцы подобных «шуток» не понимают, они его и в Москве отыщут.

Я равнодушно пожала плечами: зачем, мол, мне бесполезная информация, раньше надо было думать. И предпочла вернуться к прерванной линии разговора.

— Невыездная моделька, очень оригинально! – весь показной лоск тут же слетел с меня, как «с яблонь белый дым». Олеженька, золотко, о чём ты? Люпену такие фокусы не понравятся, у меня здесь своя «сверхзадача». Да и «люди» подобным образом вопрос решить не могли. Так что, боюсь, тут чисто твоя, шавочная, самодеятельность.

«Олеженьку» чуть удар не хватил. Он встал, упёрся кулаками в стол, ну прямо, как секретарь парткома в одном старом фильме, и злобно прошипел:

– Ладно, поступай, как хочешь, но помни, я тебя предупредил!

Я тут же вскочила, полностью скопировала его позу, да ещё изогнула спину, как дикая кошка:

– Я тебя тоже!

На том мы и расстались, как нельзя более довольные знакомством друг с другом.

V. «ЕХАЛ ГРЕКА ЧЕРЕЗ РЕКУ»

ГЛАВА 1

Я стояла на крохотной площади небольшого старинного городка (из соображений безопасности не буду раскрывать его название), и никак не могла поверить, что я свободна. К своему удивлению, я оказалась не в Германии, и не в Швейцарии, как предполагала, а в Нормандии. Мне вернули все вещи, в том числе и смартфон, я тут же набрала номер Олкимоса. Ждать долго не пришлось.

– Анюта, где ты? – послышался тревожный, взволнованный голос.

– Во Франции, – ответила я, – недалеко от Дьепа.

– Здорово! Значит, тебе удалось бежать? – Ликованию Поцелуйчика не было предела.

По всему чувствовалось, что и наша славная четвёрка «мушкетёров» была в полном сборе, каждый рвался со мной поговорить.

– Слушай, мы как раз в Париже, решили полюбоваться местными достопримечательностями перед отъездом, – сказал Олкимос после того, как телефон вновь очутился в его руках. – Говори, где тебя ждать? Тут ведь совсем недалеко, как я понимаю?

Что ж, Париж так Париж. Ничего мне так не хотелось в тот момент, как убраться как можно дальше и поскорее от тех мест, где я недавно обреталась.

Уже через час я была в Руане, жаль, что у меня совсем не было времени на то, чтобы побродить по этому чудесному городу. Достопримечательностей здесь было столько, что и за день не осмотреть, но, как я ни спешила, от того, чтобы не посетить знаменитый кафедральный собор Нотр-Дам, я всё-таки не удержалась. Потом села в поезд, и уже через полтора часа мои друзья встречали меня на вокзале Сен-Лазар.

Это была встреча века, давно я не тонула, буквально, в такой искренности и сердечности в отношениях между людьми. Мы оживлённо болтали в кафе, больше всего я боялась, что меня узнает кто-нибудь из журналистской братии, к встрече с которой я пока была совершенно не готова. Потом поехали в небольшой мотель, в котором ребята поселились.

Я коротко поведала свою одиссею, не вдаваясь в излишние подробности. Главное, в чём я уверила новых друзей, что никто не собирается им мстить, и никакая опасность им не угрожает. Но от своего недавнего «маленького бизнеса» мы, безусловно, навсегда должны отказаться.

Поцелуйчик рассказал мне, что сразу после скандала, Бекешин решил свернуться и уехать в Россию, естественно «ребяток» он оставил на произвол судьбы. Они давно бы разбежались, у всех дела дома, Олкимос с большим трудом уговорил их ненадолго остаться. Ясно было, что пресса без внимания меня не оставит, а даже одна, пусть небольшая, засветка на телевидении, в газетах, могла послужить новым стартом, и, значит, вполне стоила того, чтобы не зря потерять из-за неё несколько дней.

Было решено, что утром, сразу же после интервью, мы все пятеро отправимся в Руасси – аэропорт Шарля де Голля.

– Спасибо тебе, если бы не твои звонки, шумиха, которую ты поднял, вряд ли я сейчас беседовала бы с тобой, – в первую очередь поблагодарила я Олки, когда мы остались с ним наедине.

— Ты сомневалась, что я поступлю иначе? — усмехнулся мой сердечный дружочек.

— Да, боялась, что струсишь. Было от чего, — вздохнула я. — Куда ты теперь? Что собираешься делать?

— Не знаю пока, — пожал плечами Поцелуйчик. — Разбилась моя мечта: я уже давно собираю деньги на то, чтобы открыть собственное модельное агентство, но опять, в который уже раз, не срослось.

— А как же кино? — удивилась я. — В прошлый раз, помнится, ты говорил совершенно другое.

— Врал, конечно. Просто тогда мы ещё не были достаточно хорошо знакомы для того, чтобы я мог открыть тебе своё сердечко, — хитро рассмеялся Олки. — Ну а ты? Ты сама что планируешь?

— Тоже ещё не решила, — со вздохом

ответила я. — Меня отпустили с условием, что я никогда больше не появлюсь в Европе. Иначе убьют. Всё реально. Ребята серьёзные, из тех, что слов на ветер не бросают. Так что насчёт того, чтобы напоследок нам, всем пятерым, засветиться вместе, я ничего против не имею, но на успех, либо повышенный интерес к нам, особенно не надейся, ты же сам понимаешь, стоит мне только хоть чуть-чуть переборщить с описаниями, меня просто прирежут. Да и полиция замучает. Все ведь ждут рейда, каких-нибудь масок-шоу, а дело при любом раскладе закончится пшиком.

Олки со вздохом кивнул:

— Да я понимаю. Какие уж тут загадки! Кстати, тебе сейчас лучше всего было бы как следует отдохнуть. Выглядишь ты, прямо сказать, неважнецки.

— Что ж, ты всегда был мастером по части

комплиментов, – с досадой согласилась я. – Надо бы билет заказать на завтра. Подсуетишься?

– Нет проблем, мы с ребятами практически в одно время с тобой улетаем в Афины.

Я наконец-то оказалась одна, и только сейчас обнаружила, насколько я устала. «В Москву! В Москву!» – откуда это? Кажется, Антон Павлович Чехов, «Три сестры».

Я провалилась в сон, но уже через час он куда-то улетучился, и ко мне внезапно вернулась ясность мысли. Да, в разговоре с Олегом я блефовала, конечно, но как, в свете этого, выглядело сейчас моё бегство? И куда я могла убежать? Кто меня ждал в Москве, что меня там вообще ожидало? В принципе, работа, конечно, уговор был, и совсем недавно, однако пассивность Генерала и, в первую очередь, Иннуси, в отношении моего печально знаменитого «бельгийского вояжа», не давали мне поводов для оптимизма. Если бы не мой самостоятельный трюк с «Люпеном», где бы я сейчас находилась? Гремела по этапу?

Я ощутила холодные капли пота на спине.

Что ещё? Остаться в Париже? Но с какой стати? Кому я нужна в этом, весьма неприветливом для таких букашек, как я, городе?

Между тем, промедление было смерти подобно. Можно было и к гадалке не ходить: через пару дней, не больше, меня встретят у порога моего номера в мотеле и вновь запихнут в фургон. Я стремительно, буквально, с каждым часом, теряла столь драгоценный для меня статус модели, моё дальнейшее пребывание вдали от Родины становилось не просто неинтересным для широкого круга зрителей, читателей, но даже подозрительным. Да и вообще, у меня не было никаких иллюзий насчёт моего волшебного освобождения. Даже реакция Олега относительно Люпена вполне могла оказаться лишь блестяще разыгранной злой шуткой. Меня просто вывели на удобную позицию, словно шар на бильярдном столе, с которой, хоть здесь, хоть в России, сделать со мной можно было что угодно.

— Привет, — зашёл Олки с планшетом, — третий раз тебя тормошу, а ты спишь без задних ног, даже храпела.

— Идиот! — не смогла я удержаться от ярости. — Где ты видел храпящие модели?

— Ну, наверное, здесь стены такие, — донельзя довольный, что всё-таки удачно подколол меня, ухмыльнулся Поцелуйчик. —

Беру тогда свои слова обратно. Значит, храпела не ты, а какая-нибудь толстуха в соседнем номере. Надо бы посмотреть, я даже не знаю, кто там остановился. Ладно, билет я тебе заказал. Кстати, ты продумала своё бегство «В Россию с любовью»?

— Нет проблем, — широко, даже не прикрыв рот ладошкой, зевнула я. — Вот только мыслишка с твоим агентством никак не идёт у меня из головы. Кстати, ты ещё не придумал название для него? Нет? Как тебе, скажем, такое: «La Jolie Jeunesse». И общий слоган: «Спасите молодость и красоту, и они спасут мир!»

Поцелуйчик постучал костяшками пальцев себя по лбу:

— Совершенно бредовая идея! Она, случайно, не из той психиатрички, о которой ты нам в прошлый раз рассказывала? Очнись, Анюта! Я же тебе сказал: денег собрать так и не удалось. А уж название ты предлагаешь совсем идиотское. Это всё равно, как «сырный сыр» или «масляное масло». Не поделишься секретом, какими таблетками тебя там, в твоей российской «дурке», потчевали? Я бы тоже не отказался.

— «Бредовая идея»! Название не нравится! Денег тебе, видите ли, не удалось набрать! — Всё-таки этот «грека» («Ехал грека через реку», скороговорка такая есть. Кстати, как там в ней дальше? Кажется, «видит грека — в реке рак. Сунул грека руку в реку, рак за руку греку — цап!») меня достал, и я разозлилась не на шутку: — Бедненький мальчик! А о друзьях своих ты подумал? Ну так, чтобы взять их в долю? Всё равно «евриков» не хватит? Ничего, побираться пойдём. Да, да, я в буквальном смысле, пройдёмся с шапкой по кругу. Что до идеи моей, то она совсем не бредовая, а донельзя простая. Спасите молодость и красоту! Мы не хотим митинговать, протестовать, мы хотим работать: уводить любой ценой молодых девчонок из самых разных стран от сексуального рабства; внести свой посильный вклад в то, чтобы вытащить «просевшие» страны из кризиса, которому до сих пор конца-края не видать, и для этой благородной цели любой, уважающий себя, гражданин должен, нет, просто обязан, хоть на миллиметр приоткрыть свой кошелёк.

Поцелуйчик задумался, он уже не издевался надо мною.

– Ладно, – сказал он после долгого молчания, – можно, я ребят позову? Я что-то сам плохо соображаю. От твоих наполеоновских планов крыша едет.

– Да, вот теперь можно, – кивнула я. – Вы что же думали: я окажусь неблагодарной тварью? После того, как вы меня от верной смерти спасли, брошу вас и сбегу в родные пенаты, поджавши хвост? Нет, я предлагаю дать бой. И если уж не победить, то, по крайней мере, повеселиться на полную катушку. Но у меня есть два непременных условия.

— Интересно, какие? — тут же насторожился новоявленный «хитромудрый», но почему-то с дырявой крышей (в смысле, башкой), «Одиссей». Хотя, конечно, его легко было понять: он везде и во всём сейчас ожидал подвоха.

— Первое: ты на «языке», я на «заднике».

Олки, несмотря на свою природную сметливость, был ошарашен.

— Ну, про язык всё понятно, а причём тут задница? — попытался он обратить свою тупость в шутку.

— Долго объяснять, но если ты такой тормоз, изволь. Всё дело в том, что я русская, а речь идёт о Европе. Да, о молодежи, но именно европейской, и никакой другой. Ну так что, мы договорились с тобой? Я вроде как серая кардинальша, а ты – король. Причём не просто лидер, а деспот.

– Ладно, я понял, не считай меня уж совсем идиотом. Так, и что же на второе? Какой-нибудь салат à la russe?

Я немного успокоилась, кажется, до этого тугодума что-то начало доходить.

– Был один такой философ, Фридрих Ницше. Кстати, под конец жизни тоже не вылезал из психушки. Ну, как я. Хотя я только стартовала. Так вот, он как-то выдал «на-гора» замечательную фразу: «Иной и не ведает, как он богат, покуда не узнает, какие богатые люди всё ещё обворовывают его». (Пригодилась таки цитата, почерпнутая мной в своё время из Дневника Падшего). Мораль:

богатые совершенно не заинтересованы ни сейчас, ни во веки веков, в том, чтобы бедные богатели. А рыбку всегда лучше ловить в мутной воде. Так что, кому кризис, а кому – отец родной. Поэтому обойдёмся без «наполеоновских планов», в которых ты меня упрекал, всё как раз наоборот: никакой рекламы, раскрутки, делаем свою маленькую денежку втихаря. Стоит только нам расшифроваться, сразу пойдёт мощная обратная волна.

Олки вздохнул:

– Ладно, этот момент я так и не уяснил себе, но поверю тебе на слово. Пошел всё-таки ребят собирать.

– Вот и чудненько, – кивнула я.

ГЛАВА 2

Мы перебрали много вариантов: «бесконечный рэп», «рэп без остановки», «рэп навсегда», но остановились все-таки на «рэп сан фэн» – «рэп без конца». Конечно, сейчас это уже история. Я не берусь утверждать, что она наделала много шума, но факт остаётся фактом: однажды в зачуханном мотеле под Парижем четверо ребят и одна девчонка, у которых практически не было денег, и ещё меньше надежд на лучшее будущее впереди, решили попробовать за это будущее побороться. Я смотрела тогда на своих друзей, которые только что все как один встали на мою защиту, и вытащили меня из глубокой, зловонной ямы, в которую легко попасть, но практически невозможно выкарабкаться, и не понимала, как такое могло случиться, что мы столько времени провели вместе, были единой командой, но я никого из них, кроме

Олкимоса, толком не знала? Теперь слишком многое зависело от каждого из нас, а ещё больше от нашей спайки, чтобы я и дальше продолжала так мало обращать на них внимания.

Олкимос. Думаю, представлять не надо.

— Ребята, мы тут поговорили с Анютой, и решили без вас не продолжать начатый разговор. Слишком он показался нам интересным. Суть донельзя проста: вот мы объехали вместе половину Европы, не просто сдружились за это время, но научились понимать друг друга с полуслова, и что дальше? Расползёмся обратно по своим норам? Будем и дальше болтаться по бесконечным кастингам, лебезить перед модельерами, со страхом смотреть каждый раз на себя в зеркало — ничего удивительного, век модели недолог.

Кто ещё?

Филоменес — сильный любовью. Настоящие были имена у моих «героев» или псевдонимы, над этим я не имела никакого желания задумываться. Собственно, какое мне дело? Филоменес, так Филоменес, сильный, так сильный.

– Ясно. И что ты предлагаешь? Я считаю, пока всё в полном ажуре: мы заработали немного денег, можем расплатиться с кое-какими долгами. Ну а дальше… Что поделаешь, кризис, нет другого выхода, как только это время как-то пережить.

– Что пережить? Молодость? – уточнила я. – Она, как известно, проходит быстро и бесследно.

Дорос – подарок. Немного не дотягивал ростом до оптимальных для модели 180 см, похоже, был самым младшим в семье или, наоборот, единственным, после долгих надежд неожиданным утешением.

Задиристый, крепкий, подвижный, вспыльчивый. Его никогда нельзя было оставлять без присмотра, обязательно во что-нибудь ввяжется.

– Да, молодость, зачем обольщаться? – с горечью произнёс он. – Нам уже подобрали название – «потерянное поколение». Но что делать? Такое клеймо не смоешь. Каждый второй из нас, молодых, безработный, причём не только в Греции – в Испании, в других странах, вам этого мало?

Хризантос – золотой цветок. Самый красивый парень в четвёрке. Жаль, что гей, девчонки по нему с ума сходили.

– Нет, я, конечно, поборолся бы. Но как? И с кем, опять же? С Ангелой Меркель? Уж больно разные у нас весовые категории.

– Хорошо, – кивнул Поцелуйчик. – Оставим политику. Как вы знаете, я всегда, сколько себя помню, мечтал открыть собственное модельное агентство…

— И что? Ты, наконец, деньжат поднакопил? — насмешливо прервал его Дорос. — Или предлагаешь нам всем четверым сложить в один котел наши жалкие сбережения, а ещё того хлеще — обвешаться банковскими кредитами?

— Пятерым. Или двоим, или троим, или четверым, — спокойно ответил Олки. — Аня в доле, мы с ней уже сдали обратно билеты на самолёт, остаёмся в Париже. Как поступите вы, каждому из вас решать.

— На меня можете не рассчитывать, я точно не сумасшедший, — усмехнулся Фил, — но время есть, останусь, послушаю, если можно. Просто хочу уточнить: как бы мы ни изощрялись, всех наших денег даже на аренду офиса не хватит.

— Это будет не совсем агентство, точнее даже, вообще не агентство. Ассоциация, —

вновь вступила в разговор я, — с самыми разнообразными функциями. Мы не будем чураться никакой работы. Даже побираться пойдём для начала. Идея простая: всё молодежное мы, молодежь, должны взять в свои руки. Молодёжная мода, неужели мы не сможем отыскать среди ребят и девчонок нашего возраста талантливых дизайнеров, модельеров? В любой стране. Откроем свой сайт в Интернете, что, тоже не по карману? Реклама, блоги на самые разные темы. Будем искать спонсоров, да и миллиарды евриков, которые та же Ангела пообещала на решение проблем молодых выделить, куда-то они должны подеваться? Почему бы хоть что-нибудь из них вам не перехватить, когда они будут проплывать перед самым вашим носом?

Да, зря, пожалуй, я столь красочно рассказала в самом начале нашего знакомства ребятам о своём пребывании в «дурке», хотелось их повеселить. Как результат, они меня с тех пор всерьёз не воспринимали. Сейчас тем более. Пришлось снова вмешаться Поцелуйчику.

— У нас всего один день – завтра. Рано утром соберёмся, из тех, кто останется, разумеется, и будем решать, предлагать, прикидывать, обсчитывать, спорить до хрипоты. Послезавтра мы выступаем, даём первый бой, впервые заявляем о себе. И уж тогда отсидеться в сторонке никому не удастся, только несколько сумасшедших, которые поставили на мечту.

Филоменес пропустил мимо ушей язвительный намек в свой адрес и произнёс волшебное слово, которое во многом впоследствии определило успех нашего дела:

— Рэп.

Фил знал, что говорил. Он был

известным ди-джеем, и моделью раньше лишь подрабатывал, когда случались простои в основной работе. Но кризис подкосил и его.

– Голосуем? – предложила я.

Не лес, конечно, но пять рук поднялись без колебаний.

– Флешмоб, – внёс свою лепту Дорос.

Возражений тоже не нашлось.

Вскоре возникла, наоборот, другая проблема: никто не хотел утихомириться. Лишь ближе к ночи нам удалось расцепиться. Номер был один, спали все вповалку, как убитые.

– Ну, началось! – подумала я, засыпая, – представляю, что будет завтра.

ГЛАВА 3

Конечно, никто из моих «греков» не улетел в Афины. Всё получилось так, как мы задумывали. Причём мы ухитрились продать новость о моём освобождении дважды: в прессу и на телевидение. Это были первые, заработанные нами, деньги. Поскольку никаких сенсаций преподносить я не собиралась, основное внимание мы сосредоточили на внешнем оформлении репортажа о нас: символы единой Европы на наших лицах, наш собственный знак: JJ, «LA JOLIE JEUNESSE», что перевести было довольно сложно: «Молодые и красивые», ну не «Красивая» же «молодость»? Уж лучше тогда – «Молодые очаровашки». Ещё мы придумали два прекрасных слогана вдобавок к тому, который у нас уже был – про красоту. «Дайте шанс молодости, и она прогонит нищету и тьму!», «Потерянное поколение»? Найдите нас!»

Филоменес написал мелодию для «Рэп сан фэн», и полночи ребята репетировали, рассказывая речитативом захватывающую историю моего похищения и освобождения.

Особенного впечатления мы не произвели, конечно, но своим сюжетом, промелькнувшим в новостном блоке, чуть-чуть развеселили зрителей. Там мы много шутили, смеялись, «читали» тексты из нашего обычного репертуара: в защиту молодежи, протеста против безработицы, сексуального рабства. Наш сайт в Интернете, во многом благодаря нескончаемым текстам Филоменеса, сразу сделался популярными. Дальше уже всё было на скорости: мы старались не терять ни минуты даром: собирали пожертвования, искали спонсоров, гремели без передыху жестяными кружками, выпрашивая милостыню. Вопрос, где открывать основное представительство нашей ассоциации, был решён без колебаний: только Афины. Теперь нужно было её как можно скорее зарегистрировать. А заодно, все знаки, устав, бизнес-проект для франчайзинга и многое другое. Первую франшизу мы решили основать в Париже. Чисто формально – не надеясь, при непомерно высоких французских налогах, хоть на какую-нибудь прибыль.

Уже на том, памятном, интервью со мной кто-то обронил эти, как будто прилипшие потом ко мне навеки, два слова: «русская Анжелика». Олкимос предложил незамедлительно воспользоваться этим обстоятельством, и организовать для меня встречу с Надин Голубинофф, дочерью Анн и Сержа Голон, но у меня попросту духу не хватило. Кто я? Никто. На своих страницах я уже неоднократно распространялась на эту тему. Но именно тогда у меня зародилась мысль рассказать о себе правду широкому кругу читателей. Жизнь показала, насколько подобное решение оказалось впоследствии обоснованным. Вокруг моего имени было и остаётся до сих пор столько лжи, клеветы, что я просто обязана попробовать восстановить истину. Ниточка, которая завязалась вокруг девушки Тимьян, героини романа Маргариты Бёме, каким-то образом протянулась в моём воображении через все 13 томов увлекательнейшего повествования о жизни и приключениях легендарной Анжелики Сансе де Монтелу, и замкнулась вдруг на мне, серой русской мышке. Какие же мы были разные! Но как много общего было у нас внутри! И как несправедлив был и остаётся к нам окружающий мир! Скоро четыреста лет этой эпопее, однако положение женщины за последние четыре века не только не изменилось в лучшую сторону, но даже наоборот, переместилось на грань геноцида. Могла ли понять такие мои мысли Надин Голубинофф?

«Поток» (даже не серия!) книг об Анжелике был любимым чтением моей матери, от меня он прятался, держался под замком долгое время, но, как известно, запретный плод сладок, и со временем, невзирая на запреты, я все их прочитала. Особенно меня потрясло то, с каким упорством Анн Голон (кстати, меня и назвали в честь неё, Анжелик тогда было уж слишком много) и её дочь Надин добивались возвращения авторских прав на изуродованные редакторским произволом произведения о легендарном символе Франции, и как потом они вместе бережно восстанавливали подлинные тексты. В 2008 году нам с мамой удалось попасть на встречу со знаменитой парой, когда они приезжали в Москву. Однако я не стала рассказывать об этом ни в одном из интервью, которые у меня брали. «Читали ли вы хотя бы одну книгу об Анжелике?» Господи, до чего глупый вопрос для русской девчонки, даже моего возраста! И хоть Анн и Надин не признают экранные варианты, иной, чем в образе Мишель Мерсье, Анжелику я себе не представляю.

Однако я отвлеклась в сторону. Дела у нас сразу пошли на лад, во многом благодаря тому, что нам удалось найти талантливых ребят-модельеров. Одна девчонка, Татьяна, русская по происхождению, даже прилетела к нам из Квебека. Показы новинок мы устраивали где угодно: в кафе, на улицах, на различных мероприятиях – использовали любую возможность. Особенно нам понравился флешмоб. Вдруг, ни с того, ни с сего, на несколько секунд, буквально, мы застывали на ходу, или наоборот, начинали танцевать, бормотать себе под нос рэп, даже чихать, привлекали к себе внимание, затем вновь сливались с толпой. И так без конца.

Ещё мы принимали заказы на эскорт, обслуживание свадеб, оформление банкетов, дней рождения. Организовывали курсы для изучения французского, английского, испанского, немецкого языков. Коллектив наш всё больше разрастался, большинство работало на подхвате, но с некоторыми заключались и постоянные договора. Первыми франшизу (бизнес-клон) приобрели у нас испанцы, за ними последовали португальцы.

Мы планировали приобрести пошивочные мастерские вместо размещения заказов на них, магазинчики для продажи своей продукции, за короткий срок наши знаки и слоганы сделались популярны среди деловых людей, нам охотно давали деньги в кредит, но не менее охотно в нас и сами вкладывались.   Я   поражалась организаторским талантам Поцелуйчика, он наступал мне на пятки по всем направлениям. Ну и ревновал, конечно. Ему так хотелось заграбастать в свои руки полностью наше общее дитятко! Но я, собственно, и не возражала.

Впрочем, что толку рассказывать о том, что люди давно забыли? Тем более что у меня, как не было, так и до сих пор нет никакого желания раскрывать истинные размеры своего участия в той эпопее. Я сражалась молча, как боец невидимого фронта, стараясь привлекать к себе как можно меньше внимания. И постоянно ждала в этом плане жёсткой реакции со стороны Олега.

Но он мне даже не позвонил.

ЧАСТЬ ВТОРАЯ: «НЕИЗБЕЖНОЕ ЗЛО»

I. РАЙСКИЕ ВРАТА

ГЛАВА 1

— Всё хорошеешь, — констатировал Егорка, внимательно оглядев меня. — Давненько не виделись. Как, злишься ещё, или поостыла?

— Дело прошлое, – холодно ответила я, не дав себе труда хоть как-то замаскировать ненависть в своих глазах.

— Не обижайся. Просто я проверял тебя. На месте Инны должна была быть ты, да вот только пороху у кое-кого не хватило

Я усмехнулась:

— В чём же такая разница между нами: мной и моей лучшей подругой?

— Ну, у неё рука не дрогнула бы и не дрогнет никогда. Как раз то, чего мне всегда недоставало: знать предел, перед которым нужно остановиться. Но Иннуля дальше пошла: помогла мне понять, что погоны мои не вечны, в любой момент на службе могут дать пинка под зад. И что тогда? Ну а в бизнесе пределов в возрасте не бывает, тем более что есть кому своё дело передать. Одним словом, укротила старого пердуна.

Я угрюмо промолчала, хотя многое могла бы Кавалеристу высказать. Генерал мало в чём изменился, однако, надо отдать ему должное, пути отходные готовил себе основательно.

– И что, даже за спасение своё не поблагодаришь, – ухмыльнулся Егор на прощанье.

– Спасение? – фыркнула я. – Что ты о себе возомнил, Егорушка? Это здесь, в Москве, ты король, а там, в трафикинге – жалкая мошка. Если бы не Люпен, меня давно бы уже не было в живых.

Комягин не сумел скрыть своей реакции, побледнел:

— Ты знаешь Люпена? Как он выглядит?

Фраза в точности та же, что в прошлый раз вырвалась у Олега. Вот только ответить на неё я предпочла по-другому:

— Много будешь знать, скоро состаришься, дорогой.

— Ничего не понимаю, — задумчиво пробормотала я. — Иннок, ты что, всерьёз полагаешь, что тебе удастся расколоть Егорку на развод? Ни за что не поверю, что такое возможно. Чтобы он вдруг решился расстаться ради тебя со своей уродиной? Но даже если всё у тебя получится, как ты с этим монстром жить собираешься? Ты же его совсем не знаешь.

— Ну, во-первых, Егор прекрасно ко мне

относится, – холодно ответила Инна, – а каков он за пределами дома, мне абсолютно наплевать. Во-вторых, когда я залетела, то тут же поставила в известность своего ненаглядного и не поленилась спросить разрешения: рожать мне или сделать аборт. Я оказалась права: он был рад до соплей. А главное, кто там получится: девочка, мальчик – ему было всё равно. Сейчас уже ясно, что мальчик, это решило всё дело. Хотя я знаю, что на одном ребёнке точно не остановлюсь. Быть может, из-за Егора... Я точно уверена, что за детей своих он любому глотку перегрызёт.

– Понятно. Дальше в лес, больше дров. Ты хочешь сказать... что влюбилась в этого гада? – зло спросила я.

– Никогда не называй так моего мужа, – мгновенно окрысилась в ответ на мои слова Инна. – А насчёт любви, не знаю. Ты же помнишь мои рассказы о детстве. Я мужиков тогда на всю жизнь возненавидела, с тем и жила. Но Егор – другой. С тех пор, как он узнал, что у нас ребенок должен появиться, он окружил меня таким вниманием, лаской. Может, я и дура, но я оттаяла, расслабилась, всё забыла.

– И что, ты думаешь, он не изменяет тебе? – насмешливо проговорила я.

Никого в своей жизни я не ненавидела так, как Комягина, и слушать сейчас славословия в его адрес мне было просто невыносимо.

– А вот этого я не знаю и знать не хочу, – так же быстро, как и выставила, убрала коготки Инна. – Я ему точно рога не наставляю, а мужик есть мужик. Надо – пусть тешится, его не убудет.

– Я вернулась, – перешла я, как мне казалось, к сути нашей встречи.

— Вернулась, ну и что? — Тон Инны не изменился. — Хочешь ко мне в картотеку? Девочкой по вызову? В принципе, почему бы и нет? Но надо бы предварительно с Егором посоветоваться. Позвони как-нибудь на неделе, я решу твой вопрос.

Я оторопела:

— Помнится, в прошлый раз ты мне предлагала другое!

— Другое? Когда это было? Полгода назад? Быльём поросло!

Я всё ещё продолжала недоумевать. И это — моя лучшая подруга?

— Но ты же знаешь мои обстоятельства. Кстати, спасибо, что выручила меня тогда, в «дурке», я ведь тебя так ещё и не поблагодарила.

Инна зло усмехнулась.

— Сейчас не стала бы выручать. Ты меня подвела, причём основательно. Такое не прощается.

— Понятно. И что теперь? Конец нашей дружбе? – решила всё-таки уточнить я.

— Дружба дружбой, работа работой. На том месте, которое тебе предназначалось, уже сидит человек. Так что не обижайся. Как говорится, «бизнес, ничего личного».

— Что ж, и на том спасибо. Теперь о «бизнесе». Насчёт «девочки по вызову», подруга, ты, пожалуй, переборщила. Так что Егору лишний раз лучше обо мне не напоминай. Сама что-нибудь придумаю. Позвоню, как устроюсь. С долгами я, вроде бы, расплатилась. За «крышу» тоже. Там, в пакетах, подарочки для тебя. Разберёшься, надеюсь? Пока!

— Всех благ, золотко!

Придя в гостиничный номер, я долго сидела, уставившись взглядом в противоположную стену. Чёрт, как же она так обскакала меня, эта дурочка-секретуточка? Хотя, если честно, я никогда так об Инне не думала, наш договор «о дружбе и взаимопомощи» воспринимала как что-то незыблемое. Но сейчас о нём можно было забыть. Кто я, и кто она, моя недавняя подруга? Она – без пяти минут жена генерала, мать его будущего сына. Уважаемая дама. Тому, кому придёт в голову заговорить о её прошлом, просто перережут горло. Теперь, работая со спонсорами, она вообще будет обретаться в высших кругах общества.

Нет, я не завидовала Иннуле. Мне просто было больно терять человека, ближе которого у меня никого не было в жизни. Как же так получилось, что мы расстались? Я вспоминала наши задушевные разговоры в темноте, обычно они возникали после просмотра какого-нибудь поразившего нас фильма, как она мне помогала с Леонардом.

Теперь я понимаю, что Инна никогда не раскрыла бы мне о себе столько тайн, но я так часто впадала тогда, в самом начале нашего знакомства, в совершенно непереносимую депрессию, что необходимо было любой ценой отрезвить меня. Да-да, у Иннуси, легкомысленной, глуповатой, смешливой с виду девчонки, таилась в глубинах памяти куда более глубокая драма, чем моя. То, что со мной происходило в уже сложившемся возрасте, ломало в Иннуле ещё неокрепшую, хрупкую психику ребенка. Потом, пытаясь спасти себя, она не зря напросилась на работу к Леонардику, не зря стала «мамкой», и многого достигла, но одно в себе она так и не смогла преодолеть – ненависть к мужчинам.

Ко всему привыкаешь, так привыкла она к постоянному насилию со стороны отчима. Этот урод убедил её, что их отношения нормальны, что все так делают, просто не принято распространяться об этом. По инерции она начала заниматься сексом и с одноклассниками. Её мать закрывала на всё глаза, так как не хотела потерять из-за неё «сердечного друга». Дурная слава легкодоступной шалавы вынудила глупенькую девчонку сменить школу. Потом настала очередь первой влюбленности и первого разочарования, а с ними пришёл стыд, которого раньше не было. Она решила прекратить отношения со своим мучителем. Но, боже мой, каким он сразу стал зверем, ведь до этого он просто притворялся ласковым, заботливым, добрым, и снова насилие, насилие, насилие…

«Конечно, я могла бы вынести сор из

избы, но что бы это дало? Мать категорически всё бы отрицала. И во всех случаях после этого избавилась бы от меня. Доказала бы я или нет свою правоту, дорога мне предстояла потом одна – детский дом. С моей репутацией ещё один, куда более страшный, круг ада».

«Моя первая грязь, которой я нахваталась, заразив в итоге отчима, а через него и мать. Уже не помню, как я из этого выкарабкалась. Хотя ничего в подобных вещах толком не понимала».

«Если бы не Леонардик, не знаю, что бы со мной стало, но он помог мне вернуться к нормальной жизни. Настолько, конечно, насколько это вообще возможно. Тут-то и появилось в моей жизни кино. Чупчик крутил мне видео с Марлен Дитрих, Роми Шнайдер, Мариной Влади, Коко де Шанель и уверял, что я ничем не хуже любой из них.

А то, как жизнь стартовала, не имеет никакого значения, каждый начинает по-своему. И всегда можно переписать любой отрезок её с чистого листа. Но я продолжала считать, что я грязная, что счастье, любовь недоступны для меня, и если я не хочу в итоге совсем остаться на бобах, мне нужно пожертвовать двумя этими мечтами, целиком сосредоточившись на одной только цели – семье».

Да, я понимала её, конечно, но на что она всё-таки надеялась, моя любимая Иннулечка? Перевоспитать такого человека, как Генерал? Мечта, глупость несусветная. Какая семья? Получались два пещерных человека, в каких бы хоромах они ни обитали, в каких деньгах ни купались.

Но, собственно, какое я имела право судить об этом странном союзе? Два человека нашли друг друга, и слава Богу.

Собственно, я-то что из себя представляла? Посредственная моделька с мутным прошлым, которая имела все шансы состариться в достигнутом качестве. Что ещё? Проститутка, совсем не элитная. Так, на подхвате. Что ты там, девочка, о себе ещё вообразила? Ах, у тебя есть мозги? В каком, интересно, месте? Что у тебя вообще в активе? Ничего. Признайся, всё теперь надо начинать заново. Ну не с нуля, конечно, но практически с нуля. А значит, ничего не остаётся другого, как только вычеркнуть из своей биографии несколько лет жизни, и перейти жить к родителям. Если они, конечно, ещё не раздумали принять со слезами счастья на глазах своё непутёвое дитятко. Ну а работать устроимся куда-нибудь, хоть на ткацкую фабрику. Если, конечно, ещё сохранились таковые.

ГЛАВА 2

Всё меняется, но отношения между моими родителями почему-то казались мне чем-то незыблемым, чуть ли не вечным. Я пришла покаяться: вернулась, мол, блудная дочь. Но получилось совсем не так, как в евангельской притче: «была мертва и ожила, пропадала и нашлась». Никто не обнимал и не целовал меня, не пел и не ликовал, не кормил яствами, не дарил подарков. Мать посмотрела на меня хмуро, с неодобрением – папочка отчудил на старости лет: нашёл себе женщину помоложе. Не Бог весть какого ума, обыкновенную официантку, но чем-то она его пленила. Что ж, самый момент прийти мамочке на помощь, утешать её, ухаживать за ней, но мамуля моя тоже, может быть, в отместку, себе хахаля завела. Впрочем, не исключено, что он уже давно был у неё. Хоть чужая душа, хоть родная – всё равно потёмки. Мне даже неудобно было сказать ей, что я вернулась. Вроде как проведать пришла.

Однако деваться мне некуда было. В конце концов, у меня была здесь своя комната, и я имела полное право на неё претендовать. Но даже эта комната была занята, мать пустила туда какую-то студентку. Пришлось с боем, то есть, со скандалом, отвоёвывать себе жизненное пространство, пусть и деля его с молодой, но довольно дерзкой девчонкой. Да, конечно, с долгами я расплатилась, и остался даже кое-какой задел, но сколько, реально, учитывая то, что у меня совсем не было работы, я могла продержаться? В нормальной съёмной квартире надо было внести задаток за полгода вперед, таких денег у меня уже не было. В новые долги залезать не хотелось, да и кто бы мне сейчас, хоть копейку дал?

Я расположилась на старом, продавленном диване отца и тут же с головой погрузилась в невесёлые думы. Конечно, долго я здесь не продержусь, тут же взвою от нравоучений, да и четыре человека на кухне, туалет, ванная тоже на четверых – от таких условий я успела отвыкнуть.

Продавщица, курьерша – зарплаты не хватит даже на самый скромный шалаш, не говоря о том, чтобы ещё и прокормиться.

Девочка по вызову… Если жить прямо в борделе, можно даже что-то и скопить, особенно, если закрыть глаза на то, что шмотки мои будут устаревать со скоростью света.

Вновь попроситься на работу в Фонд Магдалины, кинуться в ножки к Немальциной? Те же гроши. Продолжить работу в «модельном бизнесе»? С утра до вечера ходить на кастинги, иногда сподобиться ухватить где-нибудь «кусочек сыра»? Та же нищета в перспективе, да и то при условии, если, по инициативе Бекешина, меня в «чёрный список» не занесли.

Из нескольких зол выбирают меньшее, но тут тоже во всём была лотерея.

Что ещё? Позвонить Олкимосу, попытаться вернуться к нему обратно? Нельзя войти в одну и ту же реку дважды. Олки ревновал меня к тому делу, что я замутила, ещё больше, чем Иннуля к Егору.

ГЛАВА 3

Прошла неделя, прежде чем я поняла, что Бог посылает мне шанс. Не очень большой, конечно. Всего лишь вернуться из того ада, в котором я побывала, в грешный, но нормальный мир.

Недолго думая, я собрала вещички, и уже через пару часов оказалась в какой-то дыре под названием посёлок Красково. Сорвав первое попавшееся объявление на станции, где электрички останавливались крайне редко, но на маршрутке можно было добраться до метро быстро и без хлопот, я сняла угол у шустрой бабульки в частном секторе, буквально за полторы сотни долларов.

Место показалось мне идеальным, оставалось только устроиться куда-нибудь на работу. Её как раз в Москве было сколько угодно, вот только приезжие со всех окрестных областей очень расценки сбивали.

Меня устроил график сутки – трое в одном из кафе, недалеко от Казанского вокзала. Боженька знал, что делает. Прежнюю сим-карту я давно выбросила, но от того, чтобы дать свой номер модельному агенту – Русе, молоденькой девчонке, с которой я успела подружиться, я всё-таки не удержалось. Конечно, на роль «вешалки» (подиум) или сниматься для рекламы (журналы, телевидение) я не претендовала, мне больше всего подходило создавать эффект присутствия на выставках, презентациях, и я успешно заполняла пустые пространства, поддерживала не менее бессодержательные разговоры, иногда удавалось даже и что-то вкусненькое перехватить. В кафе, где я работала, конечно, можно было в разумных пределах питаться, но кормёжка, как правило, была на редкость отвратительной.

В своих поездках я не расставалась с планшетом и первое, над чем я стала размышлять – тем бредом, который пытался мне всучить, как величайшее откровение, в первые дни нашего знакомства Олкимос.

«Люди почему-то думают, что в древности человек был закабалён до предела, и только постепенно, путём жесточайшей борьбы, пришёл к современному состоянию: свободе, защищённости, демократии. На самом деле, всё как раз наоборот. Никогда ещё человек не был в таком беспросветном угнетении, как сейчас, и кабала его становится всё более и более невыносимой».

Ну и что мне до того? «Неравенство», «прокрустово ложе» – господи, большей чуши, чем феминизм, я в своей жизни не слыхивала: современные мужчины боятся умных женщин, как огня. Им куда больше по нраву смешливые простушки.

Гетеры… Когда это было? Конечно, женщины и в последующие времена играли огромную роль в жизни великих мужчин. Садьвадор Дали и его Гала – Елена Дьяконова. Альберт Эйнштейн и Маргарита Воронцова. Оноре де Бальзак и Лаура де Берни. Вольтер и Эмилия дю Шатле. Но где они сейчас, эти великие? Нищие, сварливые, склочные, кого они достойны? Какой-нибудь бомжихи с помойки?

Что мне ещё оставалось? Удачно выйти замуж? Да таких, как я – миллионы, может, в очередь встать?

И всё-таки, как ни странно, я вернулась в мыслях обратно к Олкимосу. Богини ума, красоты, эротики. Причём тут гетеры? Такие бриллиантики каждой женщине пригодятся. Начала я с того, что занялась коллекционированием афоризмов. Господи, ну почему я раньше не знала такие элементарные вещи, которые разной степени величины мудрецы преподносили мне сейчас с легкой иронией. Скольких неприятностей я могла бы избежать, совсем по-другому выстроить свою жизнь.

Что я усвоила, в результате, прежде всего? Главное в жизни – мудрость, она как раковина, в которых иногда попадается самая большая драгоценность всего нашего земного существования – счастье.

Недаром Блез Паскаль изрёк свою истину: «Все люди стремятся к счастью – из этого правила нет исключений; способы у всех разные, но цель одна… Счастье – побудительный мотив любых поступков любого человека, даже того, кто собирается повеситься». Нет, конечно, вешаться я не собиралась, но и несказанно поражалась тем людям, которое свое счастье ждали. Счастье нужно выстроить, заслужить. И оно не обязательно в любви, в богатстве, у каждого оно своё. Только не смейтесь! Просто жить на помойке. Просто повеситься. Да какое вам дело до того, чем каждый конкретный человек счастлив?

Красота. Люди ищут в Интернете порнографию, а я коллекционировала фотографии красивых женщин. У бабульки мне удалось поставить ширму, а к ней вдобавок я купила и прикрепила к стене огромное, в полный рост, зеркало, чтобы часами копировать улыбки, походки, поразившие моё воображение позы. Я старалась свести к минимуму косметику, вывести на первый план простоту, естественность, как в том «буке» у Инны. Часами сидела где-нибудь на лавочке в скверике, как когда-то с Поцелуйчиком, и любовалась теми походками, которые меня особенно поражали, подолгу пытаясь их потом воспроизвести.

Но не только Поцелуйчика я вспоминала, я слишком поздно оценила Марка Геннадьевича. Первое – Гетера во мне, потом всё остальное. Афродида – не венец, она лишь следствие, чтобы люди увидели красоту обыкновенного человека, точнее – необыкновенной женщины. И камеи – тоже с неё, а не она с камей. «Афродита, рождающаяся из пены», а «Афродиту, рождающуюся из Фрины» не хотите? Помните, наверное, ту легенду, а может, действительный случай, когда великая Фрина, обладавшая несносным характером, заигралась, и её не просто вызвали на суд за её многочисленные прегрешения, а хотели даже приговорить к смерти? Гиперид, защищавший её адвокат, ничего не мог сделать, и тогда, в минуту отчаяния, он сорвал перед судьями со своей подзащитной одежду и бросил в толпу последний аргумент: сможете покарать такую красоту, равную богиням, карайте. Естественно, Фрина была единогласно оправдана.

Эротика. Сколько времени мне понадобилось, чтобы понять, высшее наслаждение не в ласке, не в трении плоти о плоть, оно в единстве души и плоти, и даже оргазм рождается прежде в сердце, в голове человека, и лишь потом плоть им содрогается, восторгается.

Ах, Фрина, Фрина! Я как бы отключилась от всего мира, с брезгливой гримаской воспринимала все попытки заигрывания со мной. Что говорить о работах? Я меняла их буквально, как перчатки.

ГЛАВА 4

– Не рада?

– Не то, чтобы… – меньше всего на свете я ожидала наткнуться ещё хоть когда-нибудь в жизни на столь печально знаменитого в моём европейском турне «майора».

– От кого хоть скрываешься? Скажешь, или тайна великая? – поинтересовался Самылкин. – Так глубоко законспирировалась, что даже я с трудом смог тебя найти.

– Я не скрываюсь, – спокойно ответила я. – Просто все предали, бросили, денег нет. Пытаюсь понять, как я до такой жизни докатилась. И стоит ли обратно на свет божий даже из такой дыры вылезать? С тобой никогда такого не бывало, Сашок?

– Чем удивила? – усмехнулся майор. – Да я из таких состояний, практически, не вылезаю. И всё-таки, может, помощь нужна? Придавил кто-нибудь?

— Да нет, всего лишь лёгкий депресняк, — угрюмо покачала головой я. — Кстати, сам-то как? Там боснийцы клялись специально в Россию приехать, чтобы кровавый фарш из тебя сделать.

— Уже, — кивнул «Сашок». — Вот только я не мясник, измываться не стал, перестрелял, по-нашему, по-простому, всю эту шатию-братию, как хорьков поганых. А насчёт «рада», «не рада», я бы просто так не приехал: Иринку мою убили. Случайно, не знаешь, кто? Не эти уроды, точно. След другой.

— Давай присядем? — предложила я.

У меня не было ни малейшего желания разгуливать с таким кавалером по посёлку. Мы остались на остановке электрички, где и встретились.

— Да, это «наши», — вздохнула я. — Частенько так делают. Даже когда вроде как отпускают на все четыре стороны. А уж если сбежала… всё равно достанут, могут и родню полностью вырезать. Тем более, как я поняла уже, Ирина опять на панель пошла?

Самылкин помолчал какое-то время, затем с трудом выдавил из себя:

— Да, было дело. Как я мог уследить? Одного не пойму: вы ведь всё знаете, заранее можете просчитать, и, спрашивается, куда лезете?

— А куда ей ещё деваться было? — пожала я плечами. — Она ничего другого делать не умела. Тут хоть какой-то шанс был: человека встретить, семью создать, или опять в Европу укатить. Но не судьба…

Самылкин снова замолчал, нелегко ему, как видно, давались подобные признания.

— Ладно, понял, замнём для ясности,

теперь конкретно давай. Нам нельзя упустить ни одной мельчайшей подробности. Тут не Европа, если «зачищать», то всех. Иначе и тебе не поздоровится.

Был ли у меня какой-нибудь другой выход? Я исповедовалась, как на духу. Вставила флешку в планшет для наглядности, писала имена, места обитания, чертила схемы. Когда закончила, торжественно вручила итоговый документ Александру. Презент. Так что встреча наша прошла на самом высоком уровне.

— Ладно, за мной должок, — кивнул на прощание майор. — Есть у меня один телефончик, но записывать его нельзя, в памяти держи. Может, пригожусь ещё когда-нибудь. Кто знает? Зла я на тебя не держу, даже наоборот. Жаль, не сумела вовремя образумить дурака старого. И совет: не тихарись, вылезай, да поскорее, из своей норы. Если кому понадобишься, всё равно найдут, ну а так, на людях, хоть какой-то шанс будет выкрутиться, выжить.

ГЛАВА 5

Встреча с Самылкиным навела меня на печальные размышления. Оказывается, спрятаться, хоть в землю заройся, в нашей стране невозможно. И его совет «выйти на люди» был небезоснователен. Тем более что период моего анахоретства заканчивался, терял смысл. Я многое обдумала, ещё больше набрала пищи для дальнейших размышлений, выбралась из тупика и даже поставила свою жизнь на новые рельсы. Процесс был завершён.

Как раз в этот момент мне и позвонила Немальцына.

— Привет, Анюта! Ты куда пропала? Скрываешься от кого-нибудь?

— От вас скроешься, — хмыкнула я. — Просто решила начать новую жизнь, с прежней определенно ничего хорошего не получилось.

— Ты даже не спрашиваешь, как я тебя нашла? — удивилась Главная рыбка.

— Что ж тут сложного, Любовь Викторовна, наверняка Иннулю подключили, — хмуро ответила я, пытаясь угадать, что от меня вдруг понадобилось этой прожжённой стерве.

— А вот и нет, — радостно рассмеялась Немальцына. — Зачем такие сложности? Я выбрала вариант попроще — позвонила Русе, той симпатичной девчонке-скауту, которая у тебя в модельных агентах ходит.

— Ясно, — со скукой в голосе пробормотала я. — Непонятно только, зачем такая изобретательность?

— Бизнес, Анюта, бизнес, — бодро переключилась Немальцына на серьёзный разговор. — Я вот раньше думала, что незаменимых людей в нашем благородном деле нет, однако жизнь показала, что я ошибалась. Без тебя совсем не тот коленкор получается, Анхен, только ты можешь так девчонок разговорить, психологический портрет составить, рекомендовать, как кому помочь дальше свою жизнь выстраивать. Ну что? Может, вернёшься, ласточка? Пора.

— На такие деньги? — от души расхохоталась я. — Сортиры на вокзале отдраивать — и то сейчас дороже платят. А с побочным ремеслом я порвала, я уже вам сказала. Но за звоночек всё равно спасибо. На полном серьёзе говорю.

Я уже хотела было нажать кнопку: «Отбой», однако Любовь Викторовна меня остановила:

– Не горячись, Анюта, голубушка ты моя. Зарплату я удвою, и подработок столько дам, что денег тебе вполне хватит. Конечно, без «побочного ремесла», как ты его назвала, уже не пошикуешь, но и с голоду не умрёшь. Дальше ещё подумаем, ты же знаешь: что-что, а благодарной быть я умею.

Что мне оставалось делать? Боженька дал мне небольшую передышку, а сейчас возвращал в прежний гадюшник. Как я могла Его ослушаться?

– Ладно, выезжаю. Только «мерседесов» у меня нет, такси тоже не могу себе позволить, ждите, пока доковыляю на общественном транспорте, – подвела я итог нашему разговору.

Дело, конечно, было не в том, что «бомбилы» в нашей первопрестольной совсем охамели, не настолько я обнищала, просто мне нужно было выиграть время для размышлений. Волею судьбы я оказалась в довольно странном положении.

Новый мир никак не хотел впускать меня, хотя я давно уже не драила тряпкой полы, как раньше (кстати, насчёт вокзальных туалетов всё правда, тоже сподобилась пару раз), а уже доросла до менеджмента, однако постоянно нарывалась то на похотливых козлов-начальников, то на всякого рода офисных гадюк. А нервишки у меня были совсем не те, что раньше.

А вот прежний мир, как неожиданно выяснилось, наоборот, никак не хотел меня отпускать. Особенно хорошо я понимала, насколько опасную информацию я выдала Саше Самылкину, и здесь корочка «Фонда Магдалины» хоть немного, но могла в случае чего прикрыть мой тощий зад. Однако сама

Немальцына, что от неё было ждать? Словесный понос о какой-то моей уникальности, незаменимости, ни в коей мере не воодушевлял меня. Так что же всё-таки меня конкретно ожидало?

II. NOLI ME TANGERE

ГЛАВА 1

К моему удивлению, Немальцына не стала расспрашивать меня ни о моих европейских похождениях, ни о подробностях моего последнего жития-бытия. Только сразу отметила:

– Ты очень изменилась.

– В чём? – удивилась я.

Любовь Викторовна задумчиво покачала головой:

– Да я и сама пока не пойму. Стала более жёсткой, деловитой, уверенность в своей персоне появилась, какой раньше не было. Хватка, опять же. Имидж хищницы. Но не из тех, опасных, которые сами нападают, а, как бы тебе получше объяснить… У древних римлян это называлось: «Noli me tangere –

civis romanus sum», «Не трогай меня – я гражданин Рима». Ну а ещё есть знаменитый евангельский сюжет, в котором Христос после своего воскрешения первой явился Марии Магдалине и попросил передать «братьям Его», что Он возносится к Своему Отцу. Там Он тоже предупредил её, когда она бросилась к Нему: «Не прикасайся ко мне» («Noli me tangere»). Однако всё это дела небесные, поговорим лучше о земных. Говорят, ты чуть в секс-трафик не угодила?

– Было дело, – неохотно призналась я. – Вообще, много чего было. Чудом выкарабкалась. Вот и пришлось зализывать душевные раны, полностью перестраивать свою жизнь. Сейчас в форме. Поговорим? Да, я разругалась с Инной, инициатива была не с моей стороны. Первая причина – ничем не обоснованная её ревность к Комягину, которого я ненавижу, второе – я не поддержала её в стремлении «отжать» у вас «Фонд Магдалины». Как только она спуталась с Егором, ей почему-то сей лакомый кусочек настолько приглянулся, что даже по ночам спать не даёт. Вы это от меня хотели услышать, Любовь Викторовна, или что-то другое?

— Как же так, — больше для уточнения пробормотала Немальцына, — были ведь лучшие подруги, просто не разлей вода. Ну да ладно, как насчёт работы, не передумала?

— Обеими руками «за», но только в Кризисном центре, — в который уже раз уточнила я.

— Ладно, ладно, — махнула рукой Немальцына. — Я поняла. Вопрос — чью сторону ты собираешься держать? Нейтральную?

— Нет, конечно же, вашу, — решительно ответила я. — Но при условии, что наш союз взаимный: я помогаю вам, вы помогаете мне. И доверие полное, как бы нас со стороны ни провоцировали, ни настраивали друг против друга, наветам злобным не верить ни на грош.

– Годится, такой вариант мне более чем подходит, – кивнула Немальцына. – Хотя я на него, признаться, даже не рассчитывала. Теперь конкретнее: есть ли у неё шансы? Насколько она сильна для такой «экспроприации»? Или, как сейчас модно говорить: «рейдерского захвата»?

– Война будет затяжная, а значит, изначально предсказать её исход невозможно. Но именно война. Захватом тут пока не пахнет.

Что я могла ещё сказать? О том, что можно было бы и куда большее участие в моей судьбе там, в Европе, принять? С таким трудом возобновившуюся хрупкую дружбу не хотелось терять.

За время моего отсутствия в «Фонде» ничего не изменилось. Во всяком случае, на том участке, который мне снова доверили. Всё те же, поверившие в красивую сказку, набитые дуры, поломанные судьбы, подорванное здоровье, напрочь сдвинутая психика. Ненависть к мужчинам, депрессия, из состояния, ставшая болезнью, фригидность, неспособность зачать ребенка, создать семью. Мне нравилось то, что я стала за год гораздо компетентнее, опытнее, научилась находить быстрые верные решения из казавшихся ранее совершенно тупиковых ситуаций.

Здесь я и наткнулась на Инну. Признаться, я ждала нашей встречи, поэтому ни один мускул не дрогнул на моём лице: я прошла мимо своей бывшей подруженьки, словно никогда её раньше не знала. Но не тут-то было.

– Анюта, ты куда пропала? И сейчас ходишь, как лунатичка. Я столько раз пыталась тебя разыскать, но даже с моими возможностями ты, как в воду канула. Ну, может, посвятишь, как ты, где ты?

– Боюсь, невесёлый рассказ получится, Иннусик, – решила я не скрывать правду. – Модели из меня, как ты знаешь, не получилось, девочкой по вызову стать не захотела, родители от меня отказались, у них свои проблемы, так что пришлось и угол в ближнем Подмосковье снимать, и туалеты на вокзале отдраивать. Весёлая, одним словом, была жизнь. Сейчас вот Немальцына на прежнюю работу пригласила, буду с менеджментом совмещать на одной фирмочке, как-нибудь выкручусь.

Инна, которая наверняка обо мне многое

было известно, буквально разинула рот от изумления.

– Вот это да! Хотя по твоему виду не скажешь, выглядишь по-прежнему классно, даже похорошела.

– Ну, физический труд, как тебе, должно быть, известно, облагораживает, – невесело пошутила я. – Ты извини, я спешу.

– Конечно, конечно, – опешила Иннуля. – Но, может, как-нибудь встретимся? В ресторанчике или кафешке посидим? Что-нибудь подберём для тебя более достойное. Подруги ведь, не чужие люди. Ты уж извини, что я так в прошлый раз с тобой поцапалась, беременная была. Кстати, то место, которое я тебе тогда предлагала, практически вновь свободно, девчонка, которую я на него взяла, совсем не справляется.

Я задумалась ненадолго, но ответила твёрдо:

– Нет, Иннусь, извини, но мне это уже не подходит. Без обид, надоело копошиться в грязи.

– А что, вокзальные туалеты чище? – попыталась подковырнуть меня Инна.

Но я за словом в карман никогда не лезла.

– Чище. Меньше дерьма.

Я уже собиралась распрощаться, однако Иннуля вновь остановила меня.

– Постой! Просьба. Ты ведь не просто менеджер, институт окончила, не можешь «независимый аудит» провести, почему дела так плохо идут в моей бывшей епархии? Я хорошо заплачу, да и пригожусь не раз. Как, выручишь?

При всём желании я не могла отказаться, это означало бы открытое объявление войны, а с Комягиным мне меньше всего на свете хотелось бы «в контрах» быть. Кто знает, как дальше сложится моя жизнь?

— Ладно, когда начинать, — решительно кивнула я.

— Да хоть сегодня, — пожала плечами Инна.

— Давай завтра. Сегодня у Машки день рождения. Помнишь Фомича?

— Ещё бы! Такого человечка забыть!

ГЛАВА 2

К Маше и Фомичу я вырывалась не часто, но каждый раз получала от них такой заряд бодрости, что готова была петь и танцевать потом всё утро от счастья. В этот раз я освободилась пораньше на работе и долго слонялась по магазинам, гадая, что бы Машке подарить. Наконец, остановилась всё-таки на простеньком, но фирменном планшете, о котором она давно уже мечтала, и который «нежно любящий папулька» никак не соглашался ей купить, считая, что смартфона и старенького ноутбука, и так выше головы. Конечно, был риск, что папочка всё-таки расщедрится, причём одновременно со мной, но дата была не круглая, и я подумала, что «скупой рыцарь» обязательно именно в этот день куда-нибудь затеряет свой кошелёк. Так, к счастью, и произошло, «рыцарь» предпочёл ограничиться симпатичным кулончиком.

В разгар веселья вдруг заявилась Иннуля. У нас, всех троих, буквально челюсти отвисли, но мы быстро справились со своим удивлением, и даже гораздо веселее отпраздновали «день варенья». Под стать был и подарок: спецкарточка на ужин в дорогом ресторане на двоих. Естественно, «храм обжорства» предполагался Егоркин. Так что в качестве обслуживания можно было не сомневаться.

Я ничего не понимала в поведении «лучшей подруги», поэтому не просто была настороже, но и согласовывала каждый свой шаг с Немальцыной. С утра являться в «офис» Иннули было бесполезно, насколько я помнила, раньше обеда никто в этом бизнесе из постели не вылезает. Но и тут я появилась, как призрак в своём шикарном прикиде, а внешнему виду сейчас я уделяла повышенное внимание. Да и какой смысл был беречь что-то из «тряпок» (в «эМБи» даже обувь так называют), которые имели ужасное свойство устаревать со скоростью света.

Я немного имела представление о том, чем занималась Иннуля, когда мы дружили с ней. Надо сказать, что в её маленькой «империи» мало что с тех пор изменилось, единственно, что она и в самом деле превратилась в империю с присоединением Егоркиных точек. Бардак от такого слияния получился страшный. Контингент не выдерживал никакой критики, половину охранников вполне можно было сократить, контролируя и управляя процессом с помощью современной техники.

В остальном – обычная рутина.

Вас интересуют подробности? Извольте.

У всех проституток псевдонимы, чтобы клиент не окликивал на улице. «Обознались, господин хороший. Я не я, могу даже паспорт показать».

Среди клиентов редко встретишь нормальных мужиков, сплошь идиоты. Это и понятно, мужчину тянет к проститутке не от хорошей жизни. Жена под любым предлогом от супружеского долга уклоняется, или наоборот, надоела до такой степени, что подъёмным краном ту висюльку, что внизу, не поднимешь. Есть просто «фантазёры», которым не так уж много и надо, чтобы привести ту «висюльку» в действие, да опять всё те же дуры-жёны-бабы считают для себя зазорным даже какую-нибудь простенькую вещь изобразить. Полно извращенцев, которых заводят вещи, куда более серьёзные. Плётки, сбруи, кожаные трусы. Кстати, кто может мне объяснить, почему так много «клиентов» любят, чтобы на них голыми верхом ездили? А ещё одна из самых любимых вещей в меню – «золотой дождь»? Спрашивается, ну зачем, чтобы в тонус войти, непременно нужно, чтобы тебе помочились на живот, попросту говоря – обос…?

Но истинных профессионалок трудно чем-нибудь удивить. Всё дело только в цене. Как говорится, «любой каприз за ваши деньги».

Хочу развенчать ещё один миф – что из проституток получаются наилучшие жены. Не дам вам бог сподобиться такого «счастья». Не надейтесь на чудо, шалава – она так шалавой на всю жизнь и останется.

Я пришла в ужас от того, что год назад посчитала бы за великое счастье. Тем не менее, работу свою выполнила на самом высоком уровне. Три дня пыхтела, высказала неплохие предложения. А дальше уж сами как-нибудь.

Иннуля прочитала мой «роман» с большим интересом, хотя особой радости он ей не доставил. Расплатилась щедро, но на всякий случай уточнила:

– Как, не надумала всё-таки?

– Нет, – ответила я достаточно твердо.

– Хорошо, – вздохнула Иннуся, – но

надеюсь, мы помирились теперь, сколько же можно друг на друга дуться?

– Конечно, – охотно кивнула я. – По сути, мы ведь и не ссорились, просто наши пути немного разошлись. А насчёт замены не заморачивайся, лучшей кандидатуры, чем Оксана тебе всё равно не найти. Разыскивай её, звони. Думаю, она не откажется.

ГЛАВА 3

– Я не знаю ваших отношений, – покачала головой Главная рыбка, – но, считаю, что если есть хоть какой-то элемент риска, лучше не ввязываться в дело, которое тебе предлагают. Торговать своим телом одно, а быть «мамкой», сутенёршей, совсем другое. Все эти гримасы, ужимки Инны вполне могут оказаться притворством, через полгода нагрянут маски-шоу, и ты можешь заработать реальный срок. А какой крест судимость на репутации потом поставит – не тебе объяснять.

Крыть мне было нечем.

– Слушай, а почему бы тебе к прежней практике не вернуться? – задала вдруг Немальцына вопрос, как видно, давно вертевшийся у неё на языке. – На тебя до сих пор спрос, и, помнится, такое совмещение тебя раньше особо не напрягало?

Я задумалась. Был ли у меня другой выход. Наконец, кивнула в ответ.

– Согласна. Но я резко повышаю цену. За год я времени даром не теряла, многому научилась. Пусть будет хоть один клиент в полгода, планку я всё равно буду держать очень высоко. Как я поняла, таких клиентов у вас в настоящее время нет?

– Да, – усмехнулась ехидно Немальцына,

– чувствую, с такими запросами, тебе так и придётся сидеть до старости с голым задом.

– Что поделаешь, – пожала я плечами в ответ, – придётся закаливаться.

Ниже среднего роста, не тощая, но и не бесформенная. Пожалуй, даже подтянутая. Смуглая кожа, невзрачная внешность, которую даже фирменные тряпки и дорогой парфюм не в состоянии спасти. Были только две вещи в этой замухрышке, которые поражали: тусклый, но завораживающий, как у кобры или гюрзы взгляд и какая-то особенная, неповторимая гибкость, как в теле, так и в походке.

Я посмотрела на «смуглянку» мельком, и с удивлением оглядела приёмную, даже выглянула в коридор. Обычно возле моей двери всегда толпился народ, а тут сюрприз – хоть шаром покати.

Я прошла к себе и уже взяла в руку трубку, чтобы позвонить Немальцыной, спросить, что случилось, но таинственная незнакомка змейкой проскользнула вслед за мной и без приглашения уселась в кресло напротив.

— Сафира, — коротко представилась она, протянув мне через стол свою сухонькую ладошку.

Я всё-таки позвонила Любови Викторовне, но ответ был неутешителен.

— Я поняла. Сделай всё, что попросит. Неизбежное зло.

— Слушаю вас, госпожа Посланница. Так, кажется, переводится с арабского ваше имя? — обречённо сказала я в ответ на ехидную ухмылку моей визави.

— Тут вместо тебя девушка сидела...

Ого! Сразу на «ты»! Ну и бесцеремонность!

— Теперь сижу я, — резко оборвала я свою собеседницу. У меня не было никакого желания «зависать» с ней в пустых разговорах.

— Хорошо, — оживилась крошечка-хаврошечка. — Мне нужна помощь. У меня холдинг, который занимается самыми разными вопросами. В чём-то сродни вашему Фонду, вот только без Кризисного центра. Однако я испытываю постоянный кадровый голод, так что если у нас с тобой, крошка, установятся хорошие деловые отношения в этом вопросе, ты не пожалеешь. Оплата сдельная. Начальство в курсе, так что в наш маленький бизнес влезать не будет.

— В принципе, я поняла, — холодно ответила я. — Но нельзя ли конкретнее?

Посланница впервые задумалась, как бы ей подоходчивей выразить свою мысль.

— Мне нужны нестандартные девчонки,

самые разные, но, непременно, жемчужинки.

– И всё-таки, хотелось бы знать характер работы, которой этим «жемчужинкам» предстоит заниматься. Нельзя ли уточнить? – кисло поморщилась я. Многословие всегда меня раздражало. А уж здесь, ко всему прочему, добавлялась ещё и ярко выраженная предубежденность к «неизбежному злу». Ничего хорошего я не ожидала от нашей, столь неожиданной, встречи.

– Ну, например, нетрадиционная сексуальная ориентация. Я понимаю, это не ваш профиль, и всё же.

– «Страстью я горю и безумствую» (перевод В.В. Вересаева, прим. редактора), – с иронией процитировала я стих древней гречанки Сапфо.

Посланница помрачнела.

– Ну да, ты ведь Гетера. Но не заносись

слишком, я подготовилась к нашей встрече, знаю о тебе всё.

– Так уж и всё? – усмехнулась я.

Моей собеседнице явно не нравился мой дерзкий тон, но мне плевать было, как на неё саму, так и на её пристрастия.

– Страдаешь гомофобией?

Я всё-таки сумела Посланницу разозлить.

– Да мне без разницы, – спокойно ответила я, – я такого в жизни навидалась, трудно чем-нибудь удивить.

Ко мне постоянно заглядывали в дверь мои пациентки, отшивать их больше некому было, и их набился, как обычно, полный коридор. Причём у всех, естественно, проблемы были самые, что ни на есть неотложные.

– Отошли их, у тебя что, совсем головы нет? – Нет ничего страшнее женщины маленького роста в гневе. Как видно, редко кому удавалось выводить Посланницу из себя.

— Не могу, — холодно ответила я, — людям помощь нужна. Посиди, послушай, заодно, может, сразу и выберешь, кого тебе надо.

— Нет уж, уволь. Зачем мне видеть, как «люди» размазывают перед тобой сопли? Я, конечно, могла бы стереть тебя в порошок за твоё непомерное хамство, но предлагаю лучше перезагрузить наши отношения. Начать всё сызнова, как будто первой части вообще не было. Здесь рядом кафешка есть, во сколько ты освободишься?

— К восьми точно, но учти, это уже вторая работа сегодня, ко времени нашего разговора я буду выжата, как лимон.

— Учту! — зло фыркнула коротышка и, наконец, убралась с моих глаз.

Я сама не знала, зачем я взяла с Неизбежным Злом такой небезопасный дерзкий тон. Моё поведение со всех сторон выглядело, как самоубийство. Но я просто устала, и у меня не было никакого желания терпеть хамство со стороны даже английской королевы.

Перезагрузка, и в самом деле, удалась. Причём довольно легко.

– Собственно, я не лесбиянка, скорее бисексуалка, – произошло то, чего я даже и не ожидала – мы беседовали на равных. – Но мальчиков люблю исключительно молоденьких и женоподобных. Как говорится, у каждого свой бзик. Сапфо, действительно, моя любимая поэтесса, практически, не просто мой идеал, а даже богиня. Однако делам мои увлечения не мешают. Я занимаюсь модой, владею бутиками, модельными агентствами. Есть и чёрный бизнес, очень выгодный, но чрезвычайно опасный. Собственно, больше всего мне нужна помощница, верная, изворотливая, красивая, но я уже поняла, что на такой статус я тебя никак не уговорю. Однако я знаю, что ты сравнительно недавно рассталась со своей лучшей подругой, почему бы нам не подружиться?

Наверное, в тот момент я сошла с ума, меня ведь предупредили, но я ответила: «Да».

Сафира искренне обрадовалась своей победе. По всему чувствовалось, что больше всего на свете ей как раз нравилось укрощать необъезженных лошадок.

— Прекрасно. Давай тогда не будем попусту терять время, сразу определим сферы, где мы могли бы быть друг другу полезными. Насколько я поняла, скаутессой быть ты уже согласилась. Но ты — Гетера, я уже успела нажать на Немальцыну и посмотреть все три твоих портфолио. Она сказала даже цену, которую ты заломила за свои услуги, ну и посмеялась, конечно. Однако, как тебе ни покажется странным, меня такая цена устраивает, я даже могла бы платить тебе больше, но пока остановимся на достигнутом. Непременное условие: никаких менеджментов и туалетных сортиров – от всех прежних подработок тебе придётся отказаться. Моделькой иногда будешь мелькать, но, в основном, заниматься уикендным сексом, слышала о таком?

Ещё бы! Я же не совсем тундра!

– Примеривала на себя. Кстати, очень внимательно. Но мне такое не подходит. Без обид, просто я надеюсь, что стану когда-нибудь богатой и знаменитой, и мне совершенно не улыбается, чтобы меня, пусть через десять-двадцать лет, шантажировали фотографиями и перечнями услуг, которые я оказываю, выложенными когда-то на специальных сайтах. Если бы это меня не смущало, я могла бы и без посредников такими вещами заниматься.

Сафира ехидно улыбнулась:

— Хорошо, а если не будет никаких выкладок? Просто профессиональный сайт среднего уровня моделек. Без глеймара (обнажёнки и полуобнажёнки) и даже топлесс (полуобнажёнки). С перечислением твоих маленьких, скромных, но всё же реальных побед. Одна Греция чего стоит.

Я рассмеялась. Она что, за дуру меня считает?

— Профессиональный сайт? Да таких букашек, как я, миллионы! Кто и в кои веки на него забредёт?

— Побежит даже, если выложить ссылки на раскрученных порталах. Ладно, если сама не хочешь участвовать, почему бы тебе не взять на себя руководство этим участком работы? Клиентуры среди богатых и щедрых мужчин у меня выше головы. Да и обычные зазывалки, те, что с сомнительных сайтов, мы вполне могли бы использовать. Или даже самим создать. Не все же ведь, как ты, надеются стать со временем богатыми и знаменитыми. Ну а если на чёрный бизнес, о котором я упоминала, согласишься, то там миллионы, причём не только рублей, но и долларов. Не веришь?

– Нет, конечно, – посмеялась я. – Хочешь произвести на меня впечатление? Пока, всё что ты говорила, вполне реально, но тут уж определённо «сказки Венского леса» начались.

Посланница ничуть не удивилась моей реакции, она была достаточно терпелива.

– Ладно, смотри, нужно организовать

повод для развода, соблазнить какого-нибудь мужчинку, вскружить ему голову, для тебя ведь это плёвое дело, насколько я понимаю? Я права?

— Предположим, но где же здесь миллионы? – развела руками я.

Сафира долго смотрела на меня в задумчивости, гадая, не слишком ли она со мной откровенна, затем всё же решилась.

— Хорошо, слушай внимательно. Допустим, есть хорошо отлаженный, богатый и очень надёжный бизнес. Счастливая семья: муж, жена, дети, просто души друг в друге не чают. Ну а дальше та же схема. Развод. Покупка сначала одной половины фирмы, затем другой. В горе люди плохо соображают. Скажешь, подло? Но мораль тут не главное препятствие, вопрос в том, где найти девушку, которая смогла бы проделать такое. Ведь тут высший пилотаж.

Разорвать в клочья райские кущи. Тебе, кстати, вполне под силу.

Тут только я поняла, что имела в виду Немальцына, говоря: «Неизбежное зло».

– Нет, мне это не подойдёт, я в Бога верю, – ответила я с дрожью в голосе.

– Хорошо, – кивнула Сафира. Она меня всё-таки раздавила. – А человека такого смогла бы для меня подобрать? Ты ведь, как и я, людей насквозь видишь?

– Могла бы, – твёрдо ответила я. – Но делать такое никогда не стану. Даже если с голоду буду помирать.

Неизбежное Зло не удержалась от того, чтобы не захлопать в ладоши.

– Прекрасно. Теперь, по крайней мере, я знаю, что ты никогда не предашь меня и границы того, что ты можешь для меня сделать. То есть, скаутесса, модель, эскорт-услуги, разумеется, в полном объёме – в любой части света. И иногда небольшие фото— и видеосессии для развода. Так что, работаешь на меня или и дальше прозябать будешь? Я ведь знаю не только про вокзальные туалеты, но даже то, что ты ночуешь, с разрешения Немальцыной, в «Фонде», у тебя не то, что квартиры, угла съёмного в настоящее время нет.

Что мне оставалось делать? Только угрюмо промолчать.

Сафира медленно, торжественно достала из сумочки две связки ключей и положила их передо мной на столик.

– Это квартира, где ты будешь жить и принимать клиентов, когда понадобится, а это иномарка для представительства. Ничего своего, зато сразу. Как тебе? Основной договор на словах, но и оформлена будешь честь по чести на двух моих фирмочках, чтобы денежки свои и немножко мои потихоньку отстирывать. Кстати, пахать там реально, а не фиктивно, придётся. Но тебя ведь этим не смутить?

Что было делать? Я не знала, куда заводила меня сейчас судьба, в какие дебри, но не раздумывала ни секунды.

III. НЕБЕСНЫЕ ЛАПОЧКИ

ГЛАВА 1

Лоукост придумали американцы. Естественно, кто же ещё? Наверное, всё началось постепенно, с обычной конкурентной борьбы за удешевление стоимости авиабилетов. Затем появились специализирующиеся на максимально возможной дешевизне, авиаперевозчики. Помимо low-cost, их называли дискаунтерами, бюджетными компаниями, по-разному. Но суть, как была, так и осталась: отбрасывалось всё лишнее. Минимум дополнительных услуг, урезанная до предела цена. Один пассажирский класс; один тип самолета; прямые (без посредников) продажи билетов; в них, часто, отсутствие фиксированных мест, чтобы ускорить посадку; невозможность вернуть билет, раз уж купил его; выполнение одним самолетом в течение дня нескольких рейсов. Всего не перечесть. Конечно, у нас, при нашем совершенно беспардонном лоббировании и монополизме, трудно себе такое представить. Но жизнь заставляет. И в России такие компании появляются, хотя и столь же быстро исчезают.

Кому пришло в голову соединить лоукост и уикендную проституцию? Скорее всего, украинкам. Если взять сочетание напористости и красоты, надо признать, и, наверное, на веки вечные – им нет равных в мире. Что интересно, среди участвующих в этом виде бизнеса до сих пор много непрофессионалок: бродит такая офисная крыска или студенточка всю неделю по интернету, а на выходные улетает куда-нибудь во Францию или Израиль, а то и вообще, куда Макар телят не гонял. Рискует, конечно, профессионалки, как правило, страхуются или вообще работают в сексуально-виртуальных небесных фирмах.

Вот такой работой мне и предстояло заниматься в обозримом будущем. Инна, когда узнала, что я связалась с Сафирой, лишь покрутила пальчиком у виска.

– Что, конкретно, можешь сказать? – настороженно попыталась я выспросить её.

– Бери любое слово на букву «б», не ошибёшься, – мрачно ухмыльнулась Иннуля.

Безжалостная, бисексуалка, бандерша, безбашенная – да мало ли таких слов?

Немальцына заняла нейтральную позицию. Ну да мне и напоминать не надо было: «неизбежное зло».

Но что мне оставалось делать? Отказаться? И что дальше? Здесь я, по крайней мере, могла применить свой самый главный козырь – мозги.

Я начала с аудита, как у Инны, и пришла в ужас. Самодеятельность, воровство, контингент ниже плинтуса, как со стороны клиентов, так и наших шаромыжниц (другого слова не подберу). Естественно, на меня смотрели с ненавистью, как на будущую мамку, которая сама прошла огонь, воду и медные трубы, видела всех насквозь, и с которой, стало быть, «девочкам» определённо не повезло. Атмосфера была такой, что, учитывая, какие деньги крутятся в нашем «небесном» бизнесе, подобную, не в меру ретивую администраторшу, могли и прибить невзначай. Вот почему я отдала Сафире материалы проверки, но от какого-либо участия в реорганизации её «небесного сегмента» категорически, как и в случае с Инной, отказалась.

— Если можно, я пойду своим путём, — попросила я. — С этими «лапочками-ласточками» делай, что хочешь, ну а я наберу другой «цветничок», вообще всё перестрою. Через неделю представлю тебе бизнес-план. Но за денежки не беспокойся, потекут уже в ближайшие выходные.

Сафира посмотрела на меня с удивлением: такой экземпляр ей попадался впервые, но промолчала, даже заплатила мне за проверку.

«Ну и что дальше?» — могла бы она спросить меня.

Но что я могла ей разъяснить, если сама толком пока ничего не знала? Больше всего меня изумляло то, что я хорошо понимала, насколько Сафира коварный и опасный человек, однако совершенно не боялась её.

— Не надоело! — равнодушно, но довольно

категорично ответила Руся.

Я поняла, что определенно её недооценила, девчонка только с виду казалась простоватой и даже недалёкой, а на самом деле была себе на уме, и очень не любила, когда ей лезли в душу.

– Обычная подработка, особенно меня не напрягает. Главное, что не мешает основному занятию – учёбе.

– Учёбе? – усмехнулась я. – Ну а дальше? Ты прекрасно знаешь, чем я занималась в последнее время, а уж мой диплом – не сравнить с будущим твоим. Хочу предложить тебе дело. Откажешься – ради бога, вот только рот потом держи на замке. Я на таких людей сейчас работаю, с которыми лучше не ссориться.

Руся мигом прогнала ухмылку с лица.

– Да знаю уже – Сафира. Не моё дело, конечно, но я бы на твоём месте десять раз подумала, прежде чем с таким человеком связываться.

– У меня бывали варианты и похуже, – холодно ответила я. – Как видишь, до сих пор жива. «Небесный секс», как тебе такая сфера?

– Нормально, – Руся немного успокоилась. – Если я по-прежнему скаут. Оплата сдельная?

Я кивнула.

– Но на несколько порядков выше. Говорят: по цене и товар, тут как раз наоборот: по товару и цена.

Руся оживилась.

– Мой парнос? (вознаграждение, музыкальный жаргон).

Ясно, что в расценках она достаточно неплохо ориентировалась, как видно, кое-какой опыт у неё уже имелся.

– Три-пять процентов, – ответила я, хотя

знала, что это слишком много. – Но я хотела бы предложить тебе работать в паре со мной. Как ты смотришь на это?

– В чём именно? – удивилась Руся.

– Во всём, – спокойно ответила я, глядя ей прямо в глаза.

«Скаутесса» фыркнула, но взгляд не отвела:

– С моими-то данными?

– А чем твои данные плохи?

Рыбка дёрнулась, но уже прочно сидела на крючке.

– А как это отразится на моей учёбе? – сделала она слабую попытку набить себе цену.

– Вопрос денег. Иногда можно и натурой расплатиться. Что, и таким простым вещам тебя нужно учить?

Что оставалось моей будущей напарнице? Только промолчать.

Спросила я:

– Кстати, почему Руся? Псевдоним или родители очень Ивана Бунина любили? То бишь, откуда наша Маруся? Случайно, не из «Тёмных аллей»?

– Amata nobis quantum arnabitur nulla, – процедила холодно сквозь зубы моя будущая подруга знаменитую фразу из не менее знаменитого рассказа с её именем в названии.

– Да знаем, знаем, – хитро усмехнулась я, – Катулл: «Любимая мною, как никогда будет любима другая». Я просто к тому, что в нашем ремесле настоящим именем пользоваться не принято.

– Хорошо, – кивнула «послушная девочка», – так бы сразу и сказала, зачем в подобные дебри забираться? Пусть я буду Амата. Как, подойдёт?

– Более чем, – ответила я. – Амата Нобис,

звучит. А насчёт «дебрей»... мне ничуть не меньше нравится другая фраза из той вещицы: «обними меня... везде». Я даже как-то совершенно сразила одного «яйцеголового» в минуту страсти подобием её: «обними меня, где хочешь». Эффект получился потрясающий, с тех пор, в редких случаях, но с неизменным успехом эту удачную находку применяю.

ГЛАВА 2

Я хотела, прежде чем запускать своих девчонок, выверить самой каждый выбранный маршрут, или освоить хотя бы наиболее перспективные направления.

Естественно, иметь представление о клиентуре, составить картотеку, обзавестись службой охраны, подкармливать повсюду нужных людей – от полиции до служащих аэропортов. По сути, наконец, сбылась моя мечта – я стала элитной. Пожалуй, даже круче, чем мой идеал – Кристин из «Розового телефона». Причём, всё произошло настолько неожиданно, что я никак не могла прийти в себя от изумления.

Но ближе к делу. Начну с того, что есть страны, в которых разрешена проституция, частично разрешена и запрещена. К примеру, в России – не знаю, когда наши законодатели с этим вопросом раскачаются. У нас слишком часто употребляется слово «менталитет». Вроде как мы такие особенные, каких вообще в мире больше нигде не делают.

Я не понимала себя, но за последний год моё отношение к «продажным шлюшкам» резко переменилось. Из мировой истории я поняла, что мужская похоть была, есть и будет всегда, и что она не только вечна, но и ненасытна. Ну а если есть спрос, всегда будет и предложение. Свою задачу я видела лишь в том, чтобы защищать по мере сил и возможностей наивных или просто доведённых до отчаяния нищетой и бесперспективностью девчонок от сексуального рабства, ограждать их от всякого рода маньяков, сутенёров и прочей уродской братии. Что я ещё могла сделать? То, собственно, чем я занималась в «Фонде Магдалины», вот только не до, а после того, как несчастья с девчонками этими совершались.

Не стану пока разбирать по странам, где и как можно работать. Да и вообще, всё относительно. Как я уже испытала на себе, порой, как раз разрешительное законодательство в нашем деле гораздо больше закабаляет, чем освобождает.

Отдельный вопрос: меня всегда поражало, с какой легкостью мужчины, даже самые законопослушные, добрые, относятся к сексуальным рабыням. Если они платят деньги, значит, всё в порядке. Остальное – не их дело. Полиция, чиновники – кто угодно, но такими вопросами должен заниматься тот, кому положено это по долгу службы. Вслед за усвоенным с детства уважением к закону, они слишком доверяют и тем людям, которым поручено его исполнять, в том числе совсем обнаглевшим и отупевшим в последнее время своим политикам. У нас всё по-другому, мы постоянно настороже, а уж доверять… накося-выкуси!

Но я опять не о том, просто эмоционально срываюсь, беспорядочно перескакиваю с одной темы на другую. Сайты, сайты, сайты. Ну что говорить, если в одной только Германии официально проституцией занимаются порядка полумиллиона женщин, а сколько их приезжает со стороны, сбивая все мыслимые расценки? Если почти полтора миллиона немцев регулярно пользуется услугами девиц лёгкого поведения, и не находят в том ничего предосудительного? Какого рожна, спрашивается, тогда меня это должно волновать?

Сайты. Ну тут уж на страничках вообще был полный отстой, «лапушки» рекламировали себя кто во что горазд. Ясно, не Минкина же звать, но своей команде я должна была сделать достаточно приличные, пусть и порно, портфолио. Очень часто «ласточки» обманывают, приукрашивают, как себя, так и свои прелести, а потом сами же и возмущаются, что с ними не расплатились, или их просто отвергли, и они «прокатились», потеряли время и деньги впустую. А зачем врать? Куда лучше твёрдо усвоить одну простую истину: на каждый товар есть свой покупатель. Но во всех случаях должен быть представлен именно этот товар.

Язык. Можно, конечно, объясняться жестами, как обезьяна, но неужели так трудно выучить хотя бы тысячу слов и сотню шуток, примочек, приколов на английском? Совсем по-другому тебя будут воспринимать, а не как живую куклу, хлопающую глазами и покорно подставляющую всё, что ни попросят.

Эрудиция. Совсем не для того, чтобы попусту философствовать, но показать себя воспитанной, образованной просто необходимо.

Сафира, вдохновлённая моими стараниями, даже предоставила в моё распоряжение частный самолёт, маленький бизнес-джет Hawker 400XP. Конечно, в нём нельзя было даже в полный рост выпрямиться, но проблема была только в том, чтобы долететь до ближайшей страны, где можно было на лоукостер пересесть. Иногда, если заказов было мало, можно было сразу и до места назначения долететь. Не говоря уже о том, чтобы использовать его по мере возможностей для каких-нибудь торопыжек в качестве аэротакси за хорошие деньги.

Что ещё? Планшет у меня был всегда под рукой, работать на нём можно было где угодно. Главное, что с «Аматой» я не промахнулась, мы с ней понимали друг друга с полуслова и подстраховывали настолько плотно, что практически обходились без охраны. Иногда приходилось обслуживать клиентов в паре, но и здесь проблем никогда не возникало. Как я уже говорила, «любой каприз за ваши деньги». Почему бы и нет?

IV. АСКОЛЬДОВА МОГИЛА

ГЛАВА 1

На этот раз я пропускаю, пожалуй, самый большой кусок в своих воспоминаниях. Я уже говорила об издательской цензуре, но с некоторых пор стала относиться к ней гораздо лояльнее. Надо так надо что-то удалить, лишь бы издавали…

Поначалу я подумала, что наступила на те же грабли, что и с Оксаной, так много опыта и знаний вложив в Амату, но потом поняла, что специально, подсознательно готовила себе замену. То, что мне не удалось сделать в прошлый раз в Красково из-за полного отсутствия денег в моём кошельке, всё более становилось реальным по мере того, как кошелёк этот наполнялся. Я уже очень редко сама куда-нибудь вылетала, в основном, занималась диспетчерской деятельностью, это было интересно, хоть и нелегко. Руся же, наоборот, только ещё начинала входить во вкус, почувствовав запах больших денег, и моталась по свету, как угорелая. Да и мир посмотреть для неё тоже было немаловажно.

Сафира уже почувствовала моё настроение. Хотя я и не скрывала его ни от неё, ни от Немальцыной. Собственно, дело было налажено, не страдало, что ещё нужно? Даже замену себе высококлассную подготовила. Ну а мне самой пора было выстраивать то, о чём я давно мечтала: муж, дети, положение в обществе. У многих наших русских девчонок бзик выйти за иностранца, но я достаточно по заграницам намоталась. Мужчин там разных хватает, но

Россия всё-таки была мне куда милей. Поэтому на лоукосте я оставила для себя лишь несколько постоянных клиентов, а основные усилия сосредоточила на эскорте, начав приглядываться к местным «принцам».

Никогда не думала, что среди нашей «сестры» такая жёсткая конкуренция. Я не имею в виду проституцию. Сейчас этим (в завуалированной форме, естественно), занимаются в числе прочих многие девушки на выданье из высшего общества. Обычно всё начинается с невинного сопровождения, потом соблазн купить шикарную тряпку или навороченную машину перевешивает все доводы рассудка. Некоторые «девочки» с Рублёвки даже заводят себе секс-скаутов взамен традиционных сутенёров. Модели, студентки, даже солидные замужние дамы, кого только в нашем бизнесе не встретишь. Ну и… Почему бы не помочь страждущим?

Каюсь, не я это направление у нас, в «Небесных лапочках», раскрутила, а всё та же, ставшая совершенно незаменимой, Амата.

Со мной было другое. Сама не знаю как, но я влюбилась. Наверное, так звёзды сошлись на небе, что у Ильи Соколова, ещё в недавнем прошлом нищего студента, а сейчас не менее нищего, однако, пусть и микроскопического, но всё-таки клерка из Центробанка, была одна, но пламенная страсть. Понятия не имею, какие именно высоты здесь я ему открыла, но парень мигом осознал разницу между обычной сокурсницей и элитной профессионалкой. Беда была в том, что я тоже от него в раж вошла. Конечно, я быстро разобралась, что денег у Ильи, чтобы заплатить мне, хватило только на один заход, наверное, долго собирал, но мне уже было не до денег. Крышу снесло у обоих.

Выбрать, кого полюбить;

Добиться любви того, кого выбрала;

Суметь надолго эту любовь удержать.

Первое, что я сделала: увлекла Илью книгой Овидия «Наука любви» – «Ars amandi». Я сама лишь недавно открыла её для себя. И была поражена в самое сердце уже с первых строк: любовь – сложнейшая наука, поэтому она ничего не стоит без знаний; не менее важен и опыт: в любовном искусстве (науке) нужно долго и упорно практиковаться, причём всю жизнь.

Илья был в полном восторге, до этого его познания не простирались дальше Камасутры и всякого рода «сексфизкультуры», а также пособий (из тех, что называются – «для дураков»), самых разных, по большей части американских, авторов. Здесь же была жизненная мудрость, классика, в своё время в нашей стране запрещённая, да и до сих пор далеко не всем известная.

С первым постулатом мы согласились без всяких споров, и окунулись в интереснейшую для нас тему с головой.

Добиться любви того, кого выбрала.

Помимо Ильи у меня был ещё один банкир, которому я в дочери годилась: Аскольд Игнатьевич Северянинов. Именно его я и выбрала себе поначалу в качестве жениха, но впервые в жизни сорвалась с катушек, потеряла трезвый расчёт. Настолько, что переполнила чашу терпения своей хозяйки Сафиры.

Мы сидели с ней в ресторане, и ей пришлось пару раз щёлкнуть перед самым моим носом двумя пальчиками, чтобы вернуть меня с небес на грешную землю.

– Что, втюрилась, пташечка? – холодно спросила она. – Крышу совсем унесло. И что дальше?

Я долго молчала, затем собралась с мыслями:

– Я не виновата, – тихо сказала я, всё-таки не в силах до конца сосредоточиться. – Это как болезнь, ничего не могу с собой поделать. Схожу с дистанции. Сможешь отпустить?

Сафира продолжала холодно, в упор, разглядывать меня. Только сейчас я поняла, насколько она, в самом деле, и коварна, и безжалостна, и опасна.

– Я задала вопрос. Ты не ответила, – привела Посланница, наконец, меня в чувство. – Что дальше?

Я промолчала. Какие аргументы в свою защиту я могла привести?

– Хорошо, порассуждаю сама за тебя, – продолжила моя расчётливая и пока ещё снисходительно настроенная хозяйка. – Ты скопила немного денег, но все они уйдут на этого пацанчика, ты уже сейчас даришь ему вещь за вещью, как стареющая генеральская вдова. От меня ты уходишь, Немальцына держит тебя уже только из милости, толку от тебя сейчас ни на грош. Мальчик твой очень неглупый, перспективный, но чтобы сделать карьеру, у него нет другого выбора, как только жениться по расчёту. Не на проститутке, естественно. Могу и дальше продолжать, но я всё ещё не дождалась ответа на свой вопрос.

Снова молчание с моей стороны.

Сафира уже начала всерьёз раздражаться.

– Ладно, закончим с рассуждениями. Не знаю, что с тобой делать. Как менеджер, ты не вызывала раньше у меня никаких нареканий. Но сейчас я хочу проверить на практике, как у нас, в действительности, обстоят дела в лоукосте. В последнее время создаётся впечатление, что ты совсем этот бизнес забросила, за тебя исключительно Руся отдувается. Не планируй ничего на ближайшую пятницу, вылетаем все трое, даже не гадай куда, я и сама пока не знаю.

ГЛАВА 2

Казалось бы, всё было позади, но я никак не могла прийти в себя после нашего «круиза». Конечно, неплохо было бы поспать – меня всегда укачивает в самолёте, однако Сафира и не думала оставлять меня в покое.

– Устала? – усмехнулась она.

Мне ничего другого не оставалось, как

только признаться, что я окончательно вымотана.

Я никак не ожидала чего-то подобного от Посланницы, обычно в своих действиях она продумывала каждую деталь. Здесь же был сплошной экспромт. Только билеты на самолёт и приглашение на какое-то шикарное мероприятие. Затем три дня сплошного угара, и как итог... мы проснулись утром в понедельник в одной постели все трое, совершенно голые.

У меня нет пристрастия к алкоголю, но уже к воскресенью я поняла, что без допинга мне не обойтись. Поэтому из второй половины дня я мало что помнила, особенно вот этот, завершающий, штрих.

– Так было надо, прости. Я показала вам мастер-класс: как в нашем бизнесе делаются деньги на самом деле, а не так, как делаете их вы. Особенно, если учесть, сколько времени и сил вы тратите на подготовку своих вояжей. Здесь, как ты поняла уже, была стопроцентная импровизация. Хочу сразу с тобой объясниться: для меня не было самоцелью соблазнить тебя и Русю, тоже своеобразный мастер-класс, но совсем примитивный – ничего сверх того, что вы обычно делаете с мужчинами, или они делают с вами. Ты должна понять меня правильно: для меня просто было очень важно знать, насколько крепка наша связка, команда мы или так, готовы на всё – продать, предать друг дружку, разбежаться.

– Ну и что, убедилась? – зло спросила я. Сон исчез моментально, нервы мои были на пределе. Ну почему я вызываю в людях впечатление, что мною можно так безгранично и безнаказанно помыкать? По сути, Сафира в этот раз превзошла даже Комягина. А деньги… Всех денег, как известно, не заработаешь.

Собственно, Сафира была в чём-то права, решив не откладывать наш разговор до Москвы. С Русей она не заговаривала, но я хорошо видела, что Обними Меня Везде только притворялась спящей, хотя, конечно, не могла предсказать её состояния и дальнейшего поведения. Что касается меня, то у меня был жуткий соблазн навсегда расплеваться с Посланницей, забыв деловые, а уж тем более, какие-то другие, отношения с ней, как страшный сон. Не зря, получается, Инна меня предупреждала.

— Ну что ж, можно подвести кое-какие итоги, — сказала, наконец, Сафира – в отличие от нас с Русей она была свежа, как «майская роза» и усталости в ней не чувствовалось ни на грош. – Первое, что я хотела преподать тебе, что молодость не вечна, и надо выжимать из неё по максимуму. Каждый день. Каждый час. (В своё время я слышала что-то подобное от Иннули, но здесь всё было гораздо конкретнее). Второе – деньги делают деньги. Чем больше ты их вкладываешь, к примеру, в себя, тем более богатого мужичка сможешь охмурить, раскрутить, а значит, больше будет и гонорар. И так во всём, всегда.

Дальше… На всякий случай держись покрепче за кресло: пора нам с тобой расставить все точки над i. Так вот, и Илью, и Аскольда Игнатьевича подставила тебе я. Как только ты начала своё нытьё о замужестве, детях, я первоначально хотела порвать твою жалкую мечту в клочья, а потом задумалась: собственно, а почему бы и нет? Подобрала две подходящие кандидатуры, на выбор. Вот и выбирай.

Только скорее. Дальше ждать нельзя, время пришло. Мальчик с нуля или солидный дядечка при хорошей должности.

Если хочешь, немного помогу тебе. Остановимся подробнее на Аскольде. Я понимаю, с твоей колокольни пятьдесят лет для мужчины — полный закат. Ну а налаженный быт, надёжный тыл, последняя любовь очень тонкого и неглупого человека для тебя — чепуха на постном масле. Да, конечно, никак не ожидал наш старичок-боровичок, что останется вот так один: жена, дети, внуки — все обеспечены, у всех своя жизнь. А он в гордом одиночестве, если не считать работы. Что делать? Смириться? Или попробовать начать всё сызнова? Можно бы начать, и нужно бы. Вот только с кем? А есть человек! С тобой я, вроде бы, в самое яблочко попала.

Какие у тебя ещё есть варианты? Гвидо

твой женат, ты знаешь. А в Италии с разводами, извини, полный швах. Даже если тебе удастся охмурить его, скатится он вниз по общественной лестнице после раздела бизнеса, имущества до самого низа, а поднимется ли вновь? Или, может, во Францию умотаешь? Как решишь, я любой твой выбор одобрю. Девочка ты неглупая, не мне тебе советы давать.

Я была потрясена. Вот тебе и любовь! Оказывается, всё было ловко подстроено, рассчитано до мелочей. Да, слава Создателю, вовремя вразумил – с кем, с кем, но только не с Сафирой можно позволить себе роскошь ссориться. Да и есть ли повод сейчас для размолвки?

– Насколько я знаю тебя, – вздохнула я. – ты, Сафочка, никогда просто так ничего не делаешь. Может, откроешь тогда, в чём сейчас твой интерес?

Сафира пожала плечами:

— Почему мой? Наш. Скажи, вот у тебя, наконец, появились деньги, и сразу возникли трудности. В чём они?

— В том, чтобы их отмыть? — насторожилась я.

— Не угадала. Точнее, угадала, но не совсем. Отмыть, отстирать – дело второе, а первое правило, как я уже сказала, деньги делаются на скорости. Ты захотела круто переменить свою жизнь? Я предложила твоему вниманию две достойные кандидатуры. Что называется, одна лучше другой. В чём твоя задача? Захомутать кого-нибудь из них и почивать потом на лаврах? Так ты считаешь? Грош цена тебе тогда, как будущей жене. Так не получится. Наоборот, жизнь твоя усложнится в разы. Снова кроссворды, снова задачи. Их опять две:

первая — продвигать, и как можно стремительнее, по служебной лестнице своего мужа. Главным образом через постель. С его начальниками, вообще – с нужными людьми. Прости, а что ты ещё умеешь? Кстати, Аскольд тут не исключение, его потолок в карьере ещё не достигнут. И вторая: постоянно держать ушки на макушке.

Где деньги? В банке. А самые большие деньги? В Центробанке. Даже в самых закрытых финансовых кругах люди не могут общаться молча. Что от тебя требуется? Информация. Которая потом будет превращаться в звонкую монету, акции, недвижимость. Ну так что? Дошло до тебя, наконец, в чём моя выгода?

Что я могла ответить? Не часто девочке с улицы, а то и вообще – уличной потаскушке, выпадает такой шанс.

— Кто из двоих? — покорно уточнила я.

— А знаешь, мне без разницы, — усмехнулась Посланница. — Аскольд — стопроцентный вариант, монолит, скала, защита. Илья — пацан, в любой момент может ускользнуть, предать. Мой вариант — первый, конечно, но, повторяю, за тобой последнее слово. Главное, что никто из них не должен знать друг о друге до последнего момента. Иначе сядешь между двух стульев. И ещё: отказав кому-то одному из них, не наживи себе очередного смертельного врага.

ГЛАВА 3

«Аскольдова могила» — не знаю, с какой стати мне пришло в голову это название. Сказание старины седой о том, как Вещий Олег, придя в Киев, умертвил тамошних князей Аскольда и Дира, сам воссел на их место и впоследствии объединил разрозненные земли в единое государство? Роман Михаила Загоскина с одноимённым названием? Опера Алексея Верстовского, написанная на его основе? Сказать было нечего, со всех сторон Северянинов был человеком безупречным. В меру нежен, ласков, в сексе никаких «тараканов», чистая классика. Очень внимателен, никогда ничего не забывал. Цветы, поздравления, подарки. Что меня с ним ожидало? Опять литература: «Я буду век ему верна».

Нет, не могла я себя пересилить, хотя и понимала, что будущее с Ильёй ничего надёжного мне сулить не может. Да и завоевать его будет очень непросто.

Когда я сообщила о своём окончательном выборе Сафире, та лишь молча пожала плечами. Я поняла, что удовольствия своим решением я ей не доставила, но пути назад уже не предвидится. Посланница была на редкость предусмотрительным человеком, соломка у неё уже была подстелена, такой лакомый кусочек, как Северянинов, она никак не могла упустить.

«Выбрать, кого полюбить» – выбор был сделан.

«Добиться любви того, кого выбрала».

«Крыша» моментально вернулась на место. Мне следовало рассчитывать теперь каждый свой шаг. Именно сейчас нужно было желаемого добиться, пока мы оба были «никто и родом ниоткуда». Мои «лапочки» пользовались большим успехом ещё и потому, что обладали, благодаря мне, кое-какой эрудицией, шармом, умением общаться и вращаться в обществе. В сочетании с персональными стилистами, умением одеваться они могли провести любой эскорт на очень высоком уровне. Конечно, знаний, мудрости я давала им по минимуму, со мной никто из них не мог даже в малой доле тягаться, но в случае с Ильёй я быстро поняла, что мои главные достоинства ничего для него не значили. Ему нужен был от меня только секс, и здесь он был ненасытен именно в плане новизны. Его необходимо было постоянно чем-то удивлять. Завоёвывать его любовь тоже было совершенно бесполезно. Я долго не могла разгадать, в чём дело, хотя ответ мне был дан Посланницей ещё во время первого нашего откровенного разговора: Илья был слишком целеустремлён, и не видел никакого иного способа чего-то добиться в том мире, куда он милостью (нет, нет, не божьей, вы, наверное, уже догадались, чьей) попал, кроме брака по расчёту.

Конечно, если бы я попросила помощи у Сафиры, она сумела бы привести мне этого барашка на верёвочке, но я захотела попробовать решить эту задачу сама.

Как? Ну коли сам «обладатель бриллианта» не ценил и не понимал своего счастья, надо было применить специально изобретённый мною для достижения поставленной цели «метод отражения». Если Илюшеньке моему будут постоянно твердить, буквально со всех сторон, как ему повезло со мной, если он будет видеть, как я кружу голову мужчинам повсюду в местах, где мы с ним бываем, как эффектно и выигрышно я смотрюсь на фоне других женщин, которые всем были хороши, кроме мозгов в голове, рано или поздно дойдёт до него, как ему подфартило со мной в жизни, не может не дойти.

Однако не доходило. Илья беззастенчиво пользовался мной в постели, гордился тем, как ему завидовали другие. И… всё.

А впереди меня ждала ещё одна, третья, совсем головокружительная ступенька:

«Суметь надолго эту любовь удержать». На что я могла здесь надеяться? Только на потенциальный жизненный опыт, будущую змеиную мудрость, которой у меня пока и в помине не было?

Сомнения всё больше одолевали меня. А может, отступить, пока не поздно? И в самом деле, орешек был мне явно не по зубам.

Но я была не из тех, кто так просто сдаётся, решила набраться терпения, и с головой погрузилась в работу. Что мы в этом период с Русей вытворяли, невозможно описать. Мастер-класс, показанный Сафирой, раззадорил нас на полную катушку. В нас двоих словно бес вселился. Мы буквально рвали мужчин на части. Хотя что там было рвать?

Ещё один экскурс в зловонное болото.

Израиль. Слава богу, у меня был выбор, и в этой стране я старалась появляться, как можно реже. О, сколько я здесь наслушалась нравоучений и поучений, уж лучше бы эти ребята, особенно те из них, что всегда в чёрных сюртуках и в чёрных шляпах, больше думали о гигиене, и не были такими скупердяями.

Нормальные парни – американцы, но жуткие долбёжники. Казалось бы, расслабься и получай удовольствие. Нет, обязательно нужно во всём идти на рекорд.

Французы – жадность неописуемая. А уж придумщики редкие. Господи, кто бы говорил об искусности, галантности, уважении к женщине соплеменников

Арамиса и Алена Делона?

Это, если желаете знать, у итальянцев. Но больше на словах. Миф о Казанове, и в самом деле, миф. Слабоваты ребята, больше трёпа, чем дела. Оттого и развита у них, в основном, уличная проституция. Никакой секс-туризм здесь, особенно в Риме, был совершенно не обязателен – если исходить из того, что «дамы» вообще бывают только трёх видов: «дам», «не дам» и «дам, но не вам», то здесь был представлен исключительно первый вид, но неограниченно, буквально со всех концов света.

Я не упомянула о русских? Ну, хуже, без сомнений, нет никого в нашем ремесле. И у «млада», и у «стара» непременно высокопарные рассуждения о душе, свободе и равноправии женщины, и прочая дребедень. Ну и, разумеется, не забудьте потребовать деньги вперед. Ничего не поделаешь, атавизм психологии социализма: «за такую фигню ещё и бабки платить?»

Турция… Ладно, продолжу как-нибудь в другой раз. Кому нужны все эти пустые разговоры?

Вообще, приключений у нас с Русей было выше головы. Я никак не могла понять, как в этой миленькой, скромной девчонке, казалось бы, образце порядочности и послушания, столько чертей умещалось, которые не знали буквально никакого удержу, стоило только нам сойти с трапа самолёта.

ГЛАВА 4

Конечно, Илья был непостижим. Я

влюблялась в него всё больше и больше, и как только ни изощрялась, чтобы вызвать в нём ответные чувства. Но тогда я не понимала ещё, что если мужчина больше всего на свете любит деньги, вопрос о конкуренции даже не стоит.

И всё-таки, что можно было ещё применить? Я в последний раз покопалась в своём поистине необъятном арсенале средств и способов обольщений особей так называемого «сильного пола».

«Женщина должна быть игрушкой для мужчины – чистой, тонкой, сверкающей добродетелями какого-то ещё не существующего мира». Ф. Ницше.

Раз плюнуть было для меня вжиться в подобную сложнейшую роль и играть её потом без единой фальшивой ноты хоть до конца дней своих. «Любой каприз…», как я уже не раз говорила. Но… Ах, Фридрих,

Фридрих! Тот мужчина, которого ты имел в виду, скорее всего, на белый свет ещё и не появился.

А вот где я проиграла… Всё с той же «Наукой любви».

Убедив своего ненаглядного в том, что недоступных женщин не бывает, только пожелай, и объятья раскроет любая.

Нельзя лгать, убивать, но обманывать женщин вовсе не грех, а самое благое из дел, которые только могут быть на свете. Так уж устроено наше неверное, нечестивое племя, что, запутавшись в собственных хитростях и интригах, кто кроме нас, в итоге, попадает в расставленные нами самими же силки?

Чем закончился мой первый и, по всей видимости, последний заход? Меня наняли на целый месяц. Один американец, Барт Роджерс, решил прокатиться по Европе, заказ был строго персональный. Я старалась вовсю, чтобы сделать максимально приятным досуг пронырливого янки (кстати, с русскими корнями, но совершенно не говорившего на языке своей исторической родины). Болтлив он был неимоверно, но оплата, развлечения – всё было на высшем уровне. Секс – сплошная классика, хотя и был он ещё не старый – под шестьдесят. Только потом я узнала, как жестоко меня провели. Мужик оказался исписавшимся литератором, и давно вышел в тираж, как вдруг ему пришла в голову замечательная идея. Есть такой жанр: романы-путешествия, своеобразные путеводители по той или иной, а то сразу и по нескольким, странам, но в занимательной, с элементами художественного вымысла, форме. Как вы, наверное, уже догадались, меня просто нагло обобрали, держа постоянно диктофон наготове. Барту ничего и делать не надо было: исключительно скомпоновать мои мысли, беседы, рассказы и отдать их редактору, который тут же издал их в книге под названием: «Европа, гетера, любовь».

Успех, естественно, был потрясающий, вещица долго держалась потом в первом десятке бестселлеров, но всё это я узнала много позже, а вернувшись из своего тура, обнаружила два сюрприза: во-первых, мой ненаглядный Илья куда-то исчез, а ещё мне торжественно вручили приглашение на свадьбу.

Кого бы вы думали? Аскольда Игнатьевича и… незабвенной Руси.

Меня словно обухом по голове ударили. К слову сказать, пара смотрелась идеально. Не знаю, притворялась ли Амата, а вот Аскольд буквально сиял от счастья. Обычно серьёзный, сумрачный, здесь он совершенно преобразился. Я искоса поглядывала на них, и меня больно кольнуло в сердце. Конечно, я сама сделала выбор, женишка своего отвергла, но ревность всколыхнулась во мне такая, что я чуть не сгорела в её пламени. Причем ревность не только к Аскольду, но и к моей ненаглядной подруженьке.

Однако выказывать подобных чувств мне явно не следовало, да и стресс был слишком сильным, нужно было поскорее развеять его. Русю-Амату я только поздравила, ни о чём конкретно её не расспрашивала: и так было всё ясно – погуляла девочка, подурачилась, теперь будет образцовой женой и матерью, а со временем (что самое главное) и весьма состоятельной вдовой. Не зря же она с такой невероятной резвостью сколачивала «первоначальный капитал».

Телефон Ильи молчал, так что, как только свадьба отгремела, и молодожёны отправились в путешествие по Италии, я всё-таки превозмогла себя и поплелась на поклон к Сафире. Посланница не смогла сдержать ехидную усмешку в глазах. Об Аскольде я не расспрашивала, всё и так было ясно, поняла я и свою ошибку с Ильёй. Теория отражения сработала в прямо противоположном направлении: «по улицам слона водили», а невест вокруг страшненьких, но богатеньких, тьма-тьмущая. Я сама им своего ненаглядного на цепочке – чисто символической, конечно, и привела.

– Ну что, прониклась? – спросила меня Посланница. – Вот так старших-то не слушаться. Умненькая-разумненькая, а села всё-таки между двух стульев. Хоть и предупреждали тебя. Как зад-то хоть, не отбила?

Что я могла ответить? Мой выбор.

– Где он?

Сафира минуты две хохотала, как сумасшедшая, потом покачала головой:

– Анюта, ну что ты делаешь? Один вариант, просто идеальный, упустила, подруженьке подарила. Во втором хождения твои тоже не пропали даром, пресловутая доморощенная «теория отражения» сработала так, что у тебя теперь сразу ещё несколько женишков, вполне достойных, подходящих, образовалось, моему чутью не доверяешь, сама, на свой вкус, можешь выбрать. Но пойми ты, наконец, солнышко, не по силам тебе Илюша твой, не по зубам. Устроила я ему заморочку с аудиторской проверкой в одной глуши, чтобы выиграть время, аж в самую Сибирь, чуть ли не в тундру, загнала, но невестушки сейчас на редкость настырные пошли, всё равно охмурят, уведут из-под носа. Техника сейчас на грани фантастики: хоть по Скайпу, хоть по смартфону общайся, а можно и вообще билетик на самолёт взять, чтобы скрасить милому одиночество.

Что я могла сказать о себе? «Попка — дура!» Больше ничего. Сама во всём виновата. И буду ещё большей дурой, хотя, вроде, уже некуда, если и дальше стану упорствовать.

— Ладно, — кивнула я в безнадёжном отчаянии. — Покорную голову меч не сечёт. Ну люблю я его, кобеля проклятого, пойми ты, Сафочка, милая, ничего не могу с собой поделать. Если ещё можно что-то исправить, всё что угодно для тебя сделаю, только помоги.

Сафира поразмыслила немного, но лишь для видимости.

– Анюта, милая, ты сама всё испортила. Ничего не могу придумать стоящего… Есть только один способ, – наконец, вздохнула она. – Но чтобы решиться на него, нужно совсем с катушек съехать.

ГЛАВА 5

Каким ещё способом я могла заполучить столь вожделенную игрушку? Вы наверняка уже и сами догадались. Только купить. Сафира поговорила с Ильёй буквально пять минут приватно, представившись моей тётей и предложив за мной огромное приданое. Все мои деньги, да ещё колоссальный долг к ним в придачу. С ума сойти, как у Посланницы работали мозги.

И всё-таки, восторгу моему не было предела. Всё было, как мне и не снилось.

Илья переменился, как по волшебству, став образцом внимания и заботливости. Подарки, подарки, подарки. Необыкновенное платье, фата, белый лимузин, Сафира ничего для меня не жалела. Тем более что все расходы были, опять же, за мой счет.

И лишь к концу вечера, когда свадьба, наконец, отгремела, и я была на седьмом небе от счастья, какой-то смазливый мальчик в непонятной униформе вручил мне красивую, сафьяновую, с золотым тиснением, шкатулочку. Я хотела было бросить её в общую кучу подарков, но «мальчик» уговорил меня открыть её при нём, сказав, что это было непременным условием доставки.

Когда я увидела внутри всего лишь маленький чёрный кусочек картона, я побелела, как мел. «Чёрная метка», и никаких сопроводительных записок к ней.

Просто «чёрная метка»…

СОДЕРЖАНИЕ